LILITH, l'Enchanteresse

L'évidence au cœur du Mythe

[*Conte universel* - édition nouvelle]

Eurydice Reinert Cend

Euryuniverse éditions

Table des matières

Biographie

Eurydice Reinert Cend est née au Bénin en 1969.

Elle obtint son baccalauréat à New-York, U.S.A., où elle séjourna pendant 3 ans et réside en France depuis 1991.

Titulaire d'un DESS en Communication Multimédia et d'une maîtrise en Business Management, elle écrit depuis l'âge de quatorze ans et explore divers genres littéraires dont la poésie, le conte, la nouvelle, le roman et l'essai... Eurydice Reinert Cend a publié une trentaine de livres depuis 2005.

Auteure-conférencière et journaliste, elle est également membre des associations littéraires suivantes : **l'ADILL**, la **Sofia : la Société des Auteurs Francophones et la SACEM.**

Eurydice a été choisie en tant que membre du jury de **la Fondation SNCF** pour la lutte contre l'illettrisme de 2012 à 2014. Elle a également reçu le prix littéraire international Naji Naaman en 2015, dans la catégorie prix de la créativité poétique.

Voir les sites Internet suivants pour plus d'information concernant ses œuvres littéraires et sa revue de presse :

http://euryuniverse.wix.com/euryunivers
e

www.eurynews.com

www.euryuniverse.net

Facebook : Eurydice Reinert Cend

Bibliographie

Aux éditions Euryuniverse :

- *Lilith, l'enchanteresse, Euryuniverse éditions, 2018*

- *Métamorphoses, recueil de poèmes, Euryuniverse éditions, 2017*
- *Baudelaire est mort, vive le poète, (livret d'opéra), Euryuniverse éditions, 2017*
- *Ma vérité, (témoignage), 2016*
- *Les amazones du Knoryl, Vol.3 Le pacte, 2016*
- *Les amazones du Knoryl, Vol.2 Souviens-toi, (roman), 2015*
- *Les amazones du Knoryl, Vol.1 L'escapade rituelle, (roman), 2014*

- *Sous le baobab, écoute :
  Contes et légendes d'Afrique
  Vol.3, 2015*
- *Traits d'union (poèmes),
  2014*
- *Sous le baobab, écoute :
  Contes et légendes d'Afrique
  Vol.2, 2012*
- *Maman, comme un doux
  chant*, (recueil de poèmes),
  2012
- *Pourquoi moi ?* (roman), 2011
- *Sous le baobab, écoute* :
  Contes et légendes d'Afrique
  Vol.1, 2010
- *L'impérissable quête Vol.2 :
  L'héritage de Yohanan*,
  (roman), 2010
- *L'impérissable quête Vol.1 :
  M'aimeras-tu ?* (roman), 2010
- *Le droit d'aimer*, (roman),
  décembre 2008
- *Parfums d'éternité*, (recueil
  de poèmes), novembre 2007
- *Elle*, *Ode à la femme et à
  l'amour,* octobre 2007
- *N'ayons pas peur*, (essai
  spirituel), octobre 2007
- *Contes d'aujourd'hui et de
  toujours*, novembre 2007

- *La vie en poésie*, (recueil de poèmes pour la jeunesse), novembre 2007, réédité en novembre 2009
- *Renaissance dans le CHRIST*, (témoignage), 2006
- *Les chansons d'Eurydice*, (recueil de poèmes), 2006
- *L'œil*, (recueil de poèmes), 2005
- *Pépé Reinert, un centenaire visionnaire*, (biographie), 2003
- *L'abécédaire de l'Amour pour Elle*, (guide relationnel), novembre 2009
- *L'abécédaire de l'Amour pour Lui*, (guide relationnel), novembre 2009

www.euryuniverse.net

www.eurynews.com

Un grand MERCI à Claudine Lux, à Arlette Michel ainsi qu'à à Annette Lexa pour la relecture et pour le soutien.

Je n'oublie pas mes autres amis également bien disposés à mon égard, et m'ayant été souvent plus que secourables.

Image de couverture : *une œuvre* de l'IA Dall-E.

Dédicace

Pour Lilith,

Pour toutes les femmes, sans cesse, injustement meurtries

Pour les femmes et les hommes de bonne volonté qui œuvrent en vue d'une vie décente pour toutes les créatures existant sur terre

À tous ceux, enfant, hommes et femmes qui souffrent, toujours et encore, de la stérile et aveugle violence de ceux qui ne savent en imposer aux autres que par la force !

Mot de l'auteure

Si Lilith t'était conté, l'accepterais-tu en vérité, serais-tu prêt à renoncer à ces certitudes auxquelles tu étais jusqu'alors fermement attaché(e) ? Si Lilith t'était conté, oui, si tu savais l'étrange vérité que nul n'ose vraiment formuler avec clarté, renoncerais-tu aux idées reçues en toi profondément ancrées ?

Si oui, et si tu te sens prêt à t'aventurer loin des sentiers battus pour oser découvrir la véritable histoire longtemps affadie sous la forme d'un si déplorable mythe, viens, suis-moi sur les ailes de ce conte qui n'en est pas vraiment un.

N'ouvre la première page de cet ouvrage que si, et seulement si, tu te sens capable d'aborder de nouveaux rivages, nullement familiers, avec force et courage ! Lilith, c'est ton histoire et la mienne, par-delà ce qui en a été dit. Elle vient de loin, de très loin. Elle remonte à l'aube des temps pour rendre compte de la possible existence de l'homme et de la femme, premiers êtres humains créés à l'image de Dieu par Dieu, selon la Genèse.

Eurydice Reinert Cend

Avant-propos

« Le Saint – béni soit-Il – avait créé une première femme, mais l'homme, la voyant rebelle, pleine de sang et de sécrétions, s'en était écarté. Aussi le Saint – béni soit-Il – s'y est repris et lui en a créé une seconde. » – Yehouda Bar Rabbi (Genèse, Rabba 18 :4), le Talmud.

La Genèse est le premier livre de l'ancien Testament de la Bible des chrétiens.

Le personnage de Lilith, ou Naama, est également connu à travers l'épopée de Gilgamesh comme étant un avatar de la Grande Déesse-Mère. Voir les textes à propos de cette description de Lilith, étymologiquement dérivée de l'expression *« Esprit du vent »*, celui qui fécondait autrefois, selon l'une des croyances associées à la légende de cette femme rebelle.

Les informations à son sujet ont pourtant été méticuleusement éliminées des textes bibliques, à l'exception du passage d'Isaïe (34 ; 14) qui peut être considéré comme un oubli s'avérant finalement en faveur de cette vérité, volontairement occultée, à propos de l'existence de la Femme-première.

Lilith est donc bel et bien reconnue comme étant la première femme dans les anciennes légendes hébraïques, bien avant Ève, aussi bien qu'à travers d'autres récits mythologiques en provenance du monde entier.

Elle sera rayée des textes concernant la création du monde, toutefois, à la lecture des livres qui s'y rapportent pour la raison suivante, certainement jugée comme étant inadmissible : *elle aurait voulu dominer l'homme, en se mettant au-dessus de lui au cours de l'acte sexuel.*

Crime des crimes. Ignominie terrible, si traumatisante dans la mémoire des hommes des temps premiers, qu'ils résolurent d'en détruire toutes les traces. Ceci, probablement dans le but de ne pas entacher le mythe intouchable de l'homme, presque toujours décrit comme étant l'élément dominant du couple. Et, surtout, afin d'éviter que Lilith ne devienne, en aucun cas, par la suite, un modèle de référence pour celles de sa condition.

D'après **le _Talmud_** et **la _Kabbale_** du judaïsme, la véritable première femme d'Adam, Lilith, fut répudiée, puis chassée du paradis par Yahvé, car insoumise à son époux et sexuellement débridée, selon le récit qui en est resté.

Diabolisée à l'excès, elle serait désormais la concubine des démons en enfer. Lilith incarnerait l'appétit sexuel féminin, tout en passant pour la reine des succubes, ces démons féminins qui vampirisent l'énergie sexuelle des hommes au cours de leur sommeil.

Selon le **Zohar**, à la question :

« À qui appartient l'enfant en cas de séparation ? », l'on trouve la réponse suivante :

« Sur la requête d'Adam, le Tout-Puissant envoya à la recherche de Lilith trois anges, Snwy, Snswy et Smng. La trouvant au bord de la mer Rouge, les anges la menacèrent : si elle ne retournait pas auprès d'Adam, cent de ses enfants mourraient chaque jour. Elle refusa, clamant qu'elle avait été expressément créée pour faire du mal aux nouveau-nés. Cependant, elle dut jurer que, chaque fois qu'elle verrait l'image des anges sur une amulette, elle perdrait son pouvoir sur l'enfant.» Et, jusqu'à présent, les gens de confession juive dotent leurs nouveau-nés d'amulettes ayant pour fonction d'éviter ce mauvais sort insidieusement associé à Lilith.

Un autre écrit plus tardif, le "*Midrashim*" intitulé **Alphabet de Ben Sira**, rédigé vers le Xe siècle, relate de façon plus explicite l'existence de cette première femme. Le nom qui lui est associé est bien celui de Lilith, symbole de la femme révoltée, refusant la soumission et exigeant une place égale à celle de l'homme. En voici le contenu :

"Quand le Saint, béni soit-Il, eut créé le premier homme solitaire, il se dit : "Il n'est pas bon que l'homme soit seul", Il lui a donc créé une femme prise de la terre comme lui et Il l'a dénommée Lilith. Dès ce moment ils ne cessaient pas de rivaliser entre eux. Elle disait : "Je ne coucherai pas par-dessous" et lui disait : "Je ne coucherai pas par-dessous mais par-dessus, car tu es faite pour être dessous et moi dessus." Elle lui dit : "Nous sommes tous deux égaux, puisque tous deux nous venons pareillement de la terre." Aucun d'eux n'écoutait l'autre. Constatant cela, Lilith a prononcé le Nom merveilleux et elle s'est envolée dans l'espace aérien. Adam s'est tenu en prière devant son Créateur et a dit :

"Souverain du monde, la femme que tu m'as donnée s'est enfuie loin de moi". Aussitôt le Saint, béni soit-Il, a dépêché ces trois anges Sanoï, Sansanoï, Samnaglof, pour aller à sa recherche et la faire revenir. Le Saint béni soit-Il dit à Adam : "Si elle veut retourner vers toi, c'est bien. **Sinon, elle devra accepter que cent de ses enfants meurent chaque jour"**. Les anges l'ont quitté (*sic*) et sont partis à sa recherche. Ils l'ont surprise au cœur de la mer, dans les eaux tumultueuses qui, dans le futur, engloutiront les Égyptiens. Ils lui ont rapporté la parole du Seigneur mais elle a refusé de revenir.

Ils lui ont dit : *"Nous allons te noyer dans la mer."* Elle leur a répliqué : "Laissez-moi donc, car je n'ai été créée que pour rendre malade les nourrissons : depuis leur naissance jusqu'à huit jours, si ce sont des garçons, d'eux je m'empare, depuis leur naissance jusqu'à vingt jours, si ce sont des filles." Après avoir ouï ses propos, ils ont insisté pour la prendre. Elle leur a fait cette promesse : "À chaque fois que je vous verrai, vous, vos noms ou vos portraits inscrits sur une amulette, je ne toucherai pas au nourrisson qui la portera." Elle dut accepter aussi que cent de ses enfants meurent chaque jour, c'est pourquoi tous les jours meurent cent démons. Aussi écrivons-nous le nom de ces anges sur une amulette portée par les petits enfants, [Lilith] les voit et elle se souvient de sa promesse et l'enfant est guéri." (*Otsar ha-Midrachim*, I, p. 47) (41)

Cependant, aucun des récits se rapportant à la légende de Lilith ne semble crédible, si l'on se réfère à certains passages des livres saints dont nous tenons son histoire.

Selon l'Ancien Testament et le Talmud, Dieu est le très Haut, le très miséricordieux, le très Saint. Il est, qui plus est, le Dieu de miséricorde et de justice. Comment concevoir alors que tous les jugements qui lui aient été attribués dans l'affaire opposant Lilith à Adam furent si approximatifs, pour ne pas dire absolument iniques ?

Si nous procédons à une analyse rationnelle des faits rapportés, le Créateur dote Lilith d'une paire d'ailes afin de lui permettre de se sauver loin de la présence d'Adam, dans un premier temps. Puis, suite à l'invocation de ce dernier, le Dieu-Créateur envoie ses anges la chercher pour qu'elle revienne auprès d'Adam, le même qui souhaite l'obliger à aller contre-nature. Cependant, lorsqu'elle refuse de se soumettre à cette requête, la femme- première se voit confinée à la Géhenne en tant que démone de la pire espèce, voleuse d'enfants et persécutrice de ceux-ci. Cent de ses propres enfants sont condamnés à mourir chaque jour, en punition de son insoumission, par ailleurs... ! Dieu est-Il toujours bon et miséricordieux ou non ? Si oui, comment peut-Il permettre à l'une de ses créatures d'échapper à une situation qui lui paraît injuste pour la contraindre, un peu plus tard, à accepter ce même sort, par elle jugé inacceptable ? Il y a donc ici une forte contradiction entre la véritable nature du divin et les faits qui Lui sont imputés. Dieu ne se contredit pas, Il ne se parjure pas et Il ne saurait être à l'origine de jugements fondamentalement iniques, incohérents et plus qu'indécents. Menacer de mort, chaque jour, cent des enfants de Lilith constitue déjà en soi une chose abominable, sans oublier la contrainte du retour auprès d'Adam que cette première femme jugea si insupportable, qu'elle préféra endurer le pire, plutôt que de s'y soumettre. Décidément, pris sous tous les angles, le traitement infligé à Lilith ne relève que d'élucubrations insensées, ne pouvant aucunement être associées à l'intelligence suprême de Dieu et, encore moins, à sa magnanimité. Tout ceci ne relève que de préceptes d'homme, dès lors, comme nous le rappellera plus d'une fois Jésus de Nazareth, notamment à travers ce passage de Matthieu (19 :7-9), Sainte Bible :

« Pourquoi donc, lui dirent-ils, Moïse a-t-il prescrit de donner à la femme une lettre de divorce et de la répudier ? Il leur répondit : C'est à cause de la dureté de votre cœur que Moïse vous a permis de répudier vos femmes ; au commencement, il n'en était pas ainsi. Mais je vous dis que celui qui répudie sa femme, sauf pour infidélité, et qui en épouse une autre, commet un adultère... »

Le cœur de Dieu est donc bien plus clément que ne le laissent entendre ceux qui ont institué des lois, plus que discutables, fondamentalement en faveur de leurs propres intérêts. Ce, d'autant plus que les règles régissant nombre de sociétés humaines sont clairement établies au détriment des droits des femmes, considérées comme étant inférieures aux hommes, depuis si longtemps. Ainsi donc s'arrangent-ils, bien souvent, pour modeler l'esprit de la femme, durablement, de façon à obtenir d'elle soumission et obéissance, comme il en a été exigé d'Ève. Oui, Ève, cette femme pure et admirable que les hommes vénèrent tant, et qu'ils portent très souvent aux nues comme étant un véritable modèle de référence. Ève, l'éminent symbole de la femme soumise, celle qu'il faut toujours dominer et contrôler. Il est donc grand temps de réparer cette terrible injustice perpétuée contre le sein de la Femme, par pure lâcheté et par commodité, depuis tant de siècles. Et, ce, prétendument au nom de Dieu, par ceux-là mêmes qui ignorent jusqu'à la véritable nature du don de Dieu qui est, par essence, Amour et Miséricorde, selon les saints livres.

Pour finir, d'après l'Ancien Testament, Dieu n'a-t-Il pas révélé son identité à Moïse sur le mont Sinaï en se proclamant : *« Le Seigneur, le Seigneur, Dieu miséricordieux et bienveillant, lent à la colère, plein de fidélité et de loyauté. »*, (Exode 34, 6) ?

Et voici le premier temps du récit biblique de la Genèse concernant la création du monde ainsi que celle de l'homme et de la femme :

« Genèse 1

1.1

Au commencement, Dieu créa les cieux et la terre.

1.2

La terre était informe et vide : il y avait des ténèbres à la surface de l'abîme, et l'esprit de Dieu se mouvait au-dessus des eaux.

1.3

Dieu dit : Que la lumière soit ! Et la lumière fut.

1.4

Dieu vit que la lumière était bonne ; et Dieu sépara la lumière d'avec les ténèbres.

1.5

Dieu appela la lumière jour, et il appela les ténèbres nuit. Ainsi, il y eut un soir, et il y eut un matin : ce fut le premier jour.

1.6

Dieu dit : Qu'il y ait une étendue entre les eaux, et qu'elle sépare les eaux d'avec les eaux.

1.7

Et Dieu fit l'étendue, et il sépara les eaux qui sont au-dessous de l'étendue d'avec les eaux qui sont au-dessus de l'étendue. Et cela fut ainsi.

1.8

Dieu appela l'étendue ciel.
Ainsi, il y eut un soir, et il y
eut un matin : ce fut le second
jour.

1.9

Dieu dit : Que les eaux qui
sont au-dessous du ciel se
rassemblent en un seul lieu, et
que le sec paraisse. Et cela fut
ainsi.

1.10

Dieu appela le sec terre, et il
appela l'amas des eaux mers.
Dieu vit que cela était bon.

1.11

Puis Dieu dit : Que la terre
produise de la verdure, de
l'herbe portant de la semence,
des arbres fruitiers donnant
du fruit selon leur espèce et
ayant en eux leur semence sur
la terre. Et cela fut ainsi.

1.12

La terre produisit de la
verdure, de l'herbe portant de
la semence selon son espèce,
et des arbres donnant du fruit
et ayant en eux leur semence
selon leur espèce. Dieu vit que
cela était bon.

1.13

Ainsi, il y eut un soir, et il y eut un matin : ce fut le troisième jour.

1.14

Dieu dit : Qu'il y ait des luminaires dans l'étendue du ciel, pour séparer le jour d'avec la nuit ; que ce soient des signes pour marquer les époques, les jours et les années ;

1.15

et qu'ils servent de luminaires dans l'étendue du ciel, pour éclairer la terre. Et cela fut ainsi.

1.16

Dieu fit les deux grands luminaires, le plus grand luminaire pour présider au jour, et le plus petit luminaire pour présider à la nuit ; il fit aussi les étoiles.

1.17

Dieu les plaça dans l'étendue du ciel, pour éclairer la terre,

1.18

pour présider au jour et à la nuit, et pour séparer la lumière d'avec les ténèbres. Dieu vit que cela était bon.

1.19

Ainsi, il y eut un soir, et il y eut un matin : ce fut le quatrième jour.

1.20

Dieu dit : Que les eaux produisent en abondance des animaux vivants, et que des oiseaux volent sur la terre vers l'étendue du ciel.

« **1.21**

Dieu créa les grands poissons et tous les animaux vivants qui se meuvent, et que les eaux produisirent en abondance selon leur espèce ; il créa aussi tout oiseau ailé selon son espèce. Dieu vit que cela était bon.

1.22

Dieu les bénit, en disant : Soyez féconds, multipliez, et remplissez les eaux des mers ; et que les oiseaux multiplient sur la terre.

1.23

Ainsi, il y eut un soir, et il y eut un matin : ce fut le cinquième jour.

1.24

Dieu dit : Que la terre produise des animaux vivants selon leur espèce, du bétail, des reptiles et des animaux terrestres, selon leur espèce. Et cela fut ainsi.

1.25

Dieu fit les animaux de la terre selon leur espèce, le bétail selon son espèce, et tous les reptiles de la terre selon leur espèce. Dieu vit que cela était bon.

1.26

Puis Dieu dit : Faisons l'homme à notre image, selon notre ressemblance, et qu'il domine sur les poissons de la mer, sur les oiseaux du ciel, sur le bétail, sur toute la terre, et sur tous les reptiles qui rampent sur la terre.

1.27

*Dieu créa l'homme à son image, il les **créa à l'image de Dieu, il créa l'homme et la femme**.*

1.28

Dieu les bénit, et Dieu leur dit : Soyez féconds, multipliez, remplissez la terre, et l'assujettissez ; et dominez sur les poissons de la mer, sur les oiseaux du ciel, et sur tout animal qui se meut sur la terre.

1.29

Et Dieu dit : ***Voici, je vous donne toute herbe portant de la semence et qui est à la surface de toute la terre, et tout arbre ayant en lui du fruit d'arbre et portant de la semence : ce sera votre nourriture.***

1.30

Et à tout animal de la terre, à tout oiseau du ciel, et à tout ce qui se meut sur la terre, ayant en soi un souffle de vie, je donne toute herbe verte pour nourriture. Et cela fut ainsi.

1.31

Dieu vit tout ce qu'il avait fait et voici, cela était très bon. Ainsi, il y eut un soir, et il y eut un matin : ce fut le sixième jour.

Genèse 2

2.1

Ainsi furent achevés les cieux et la terre, et toute leur armée.

2.2

Dieu acheva au septième jour son œuvre, qu'il avait faite : et il se reposa au septième jour de toute son œuvre, qu'il avait faite.

2.3

Dieu bénit le septième jour, et il le sanctifia, parce qu'en ce jour il se reposa de toute son œuvre qu'il avait créée en la faisant.

2.4

Voici les origines des cieux et de la terre, quand ils furent créés. », (Genèse I & II : (1-4)), www.info-bible.org.

On notera que, plus tard seulement, il est fait mention de la création d'Ève à partie d'une côte d'Adam. Soit dans le livre suivant : (Genèse II, 21-23). Et que tout ce qui précède ce moment a toujours été soigneusement gardé sous silence, occulté au possible. Une preuve supplémentaire de la volonté manifeste de réduire à néant les preuves de l'existence de cette femme-première, si dérangeante, dès les origines de ces récits. Comme si l'imaginaire de l'homme ne pouvait concevoir la femme, autrement qu'en tant qu'une créature obéissante et servile !

Pour finir, à travers ce conte, voici notre interprétation de ce qu'a pu être la vie mythique de Lilith et d'Adam, aux heures premières qui virent naître les germes de notre fragile humanité, dans ses premiers instants de balbutiements.

Lilith,
l'enchanteresse

À l'aube des temps, dans la nuit des temps, à l'aube de la création, dans sa grande mansuétude, l'éternel Dieu décida de créer le monde. Il sépara les eaux d'en haut de celles d'en bas et créa le ciel, la terre. Le Créateur ordonna aux eaux d'en dessous de se rassembler en un seul lieu.

Il en fut ainsi et la terre émergea de l'espace ainsi dégagé. Et Dieu créa le soleil et le jour, la lune et la nuit, et les luminaires dominant le firmament.

Puis il ordonna aux créatures des eaux et à celles de la terre d'apparaître et de proliférer selon leur espèce, conformément à leur nature, et il en fut ainsi.

Cinq jours durant, jour après jour tout ceci fut par Lui créé. Au sixième jour, le Démiurge voulut parachever son Œuvre par une chose extraordinaire.

Oui, à l'aube des temps, quand le jour disputait encore la part belle à la nuit et que l'aurore se confondait parfois aussi avec le crépuscule, le Divin voulut achever sa création par une chose qui puisse toujours l'émouvoir et l'interroger. Il créa alors le premier couple d'êtres humains. Il les créa homme et femme, à son image.

L'homme-premier et la femme-première furent donc créés en même temps, et non pas la femme à partir de l'homme. Il prit de la terre glaise, la modela en deux créatures distinctes qu'Il voulut complémentaires l'une de l'autre.

Lorsqu'Il fut satisfait de son ouvrage, Il leur insuffla vie et les anima en les gratifiant de son souffle. Il leur expliqua qui Il était et pourquoi Il les avait créés. Dieu instruisit longuement ses créatures sur l'essentiel de ce qui s'avérait indispensable à leur bien-être.

Puis Il les bénit, leur montra le paradis et le leur donna en héritage en disant :

« *Soyez féconds, multipliez-vous, remplissez la terre, et l'assujettissez ; dominez sur les poissons de la mer, sur les oiseaux du ciel et sur tout animal qui se meut sur la terre. Et Dieu dit :* **Voici, je vous donne toute herbe portant de la semence et se trouvant à la surface de toute la terre, et tout arbre ayant en lui du fruit d'arbre et portant de la semence : ce sera votre nourriture**... », Genèse (I, 28-29).

Oui, au commencement, l'homme-premier et la femme-première pouvait manger de tous les fruits du paradis terrestre, sans exception. Il n'en sera autrement que par la suite, bien après l'évolution du cours des choses entre ces deux êtres humains.

Plus tard, oui, Dieu donnera vie à une autre créature[i] à partir du côté de l'homme-premier. Mais, à l'origine, Il les créa : Lilith et Adama, à égalité, sans prédominance de l'un sur l'autre.

L'homme-premier s'appelait Adama et la femme-première, créée en même temps que lui, de la même manière, à partir de la terre glaise, le Divin la nomma Lilith.

Lilith était aussi vivante que la vie, aussi belle que le jour lumineux qui, tout ravit, aussi profonde que la nuit qui étend sur tout son empire, sans frémir, et aussi légère que les ailes du vent que rien n'alourdit. Elle était curieuse de tout et se réjouissait de tout.

Lilith se plongeait au cœur de la Création, s'en émerveillait et enchantait la Création par sa seule présence, aussi réjouissante que vivifiante.

Au fil des nuits et des jours qui passaient, on aurait dit que la vie en elle se démultipliait, tant elle se nourrissait de la vie qui, librement, foisonnait autour d'elle. El le Divin, Lui-même, s'en émouvait. Et le Démiurge se réjouissait d'avoir créé une créature, en tout, si admirable.

Lilith s'émerveillait au contact de la nature autant que la nature se ravissait en présence de Lilith. Elle irradiait au cœur de l'univers et l'univers s'extasiait de ce qu'elle s'épanouissait en son sein, et Dieu lui-même s'enorgueillissait de ce que sa créature était si merveilleuse.

À mesure que Lilith s'emplissait et fleurissait au cœur de la nature, elle grandissait en intelligence et en sagesse, et sa liesse chantait autant la Vie que ses merveilles, jaillies du cœur bienveillant du Créateur.

Au lever du jour, en même temps que l'astre de feu, Lilith encensait et célébrait la création et, à travers elle, la vie et l'Éternel qui en est le maître. Et le Démiurge s'en réjouissait et s'en émouvait.

Adama, lui, se contentait d'être une part de la Création, sans vraiment chercher à participer à son évolution. On eût dit qu'il se satisfaisait de son sort et n'aspirait à rien d'autre qu'au simple fait d'appartenir au Tout, cohérent et, semble-t-il, pour lui suffisant.

L'homme se levait le matin, rendait grâce au démiurge, se délectait de la vue du paradis fabuleux qui l'entourait ainsi que des fruits qui en débordaient, se promenait, se nourrissait et se reposait. Puis, le soir venu, il se recouchait auprès de Lilith, après avoir loué son Seigneur et Dieu.

Tel le végétal qui se contente de se laisser caresser par les rayons vivifiants du soleil, laissant joyeusement ondoyer ses brancher au doux toucher du vent, Adama ne s'interrogeait guère sur la véritable nature des choses ni sur la profondeur du mystère par lequel il fut associé à la vie.

Tandis que Lilith, la femme-première, s'épanouissait au cœur de la Création, allant de découverte en découverte, s'extasiant sur tout ce qu'elle voulait encore connaître ou aimait à reconnaître, l'homme-premier, lui, se contentait d'exister.

Il préférait se contenter de peu et ne semblait pas vouloir découvrir grand-chose, véritablement, en dehors de ce qui suffisait à entretenir sa subsistance. Adama n'osait pas ou ne souhaitait pas suivre Lilith dans la quête perpétuelle de nouveautés qui l'habitait. Adama jouissait simplement de la vie, sans plus.

Dans les premiers temps de leur existence commune, cela ne posa guère de problème. Chacun faisait comme bon lui semblait, puis ils se retrouvaient, au besoin, pour alléger à deux l'immense solitude qui s'en suivrait, autrement. Et tout allait ainsi au mieux, dans le meilleur des mondes.

Un beau jour, Lilith revint auprès d'Adama après s'être absentée pendant la moitié du jour.

La mine réjouie et l'air rêveur, elle s'entendit soudain interpeller :

- Lilith, ah Lilith, où étais-tu encore passée ? Cela fait des heures que je suis là, à t'attendre.

- Mais, Adama, pourquoi m'attendre aussi longtemps ? Tu sais bien que je ne vois jamais passer le temps durant le jour, tant je m'amuse ici et là. Et puis, je reviens vers toi, toujours, au coucher, n'est-ce pas ? Ne t'inquiète donc pas tant !

- Je ne m'inquiète pas, je m'ennuie.

- Occupe-toi donc un peu plus, et tu ne verras plus passer le temps aussi pesamment.

- Occuper le temps... ? Je ne me vois pas courant après les papillons comme toi et, encore moins, batifolant au milieu des nénuphars.

- Oh, si tu savais…, je ne fais pas que ça ! Tiens, aujourd'hui, certes, je me suis laissée emporter dans la ronde des papillons, aussi loin que pouvait les porter la brise du matin. Et, après cela, j'ai écouté la merveilleuse symphonie des hirondelles à laquelle participaient aussi les tourterelles et les merles. Puis j'ai cavalé avec un réel ravissement sur le dos du zèbre, jusque dans la vallée où se prélasse gaîment le grand chêne. À notre arrivée, celui-ci s'est pâmé d'aise et m'a invitée à venir écouter s'épancher son doux cœur. Voilà à quoi je me suis employée le reste du temps, heureuse de découvrir un nouveau mystère.

- Tu étais à l'écoute du cœur du grand chêne… ? Et comment donc as-tu pu y accéder ?

- Figure-toi que la belle girafe des prés passait par

là et que, serviable comme toujours, elle me fit monter sur son dos. Ensuite, je grimpai sur son cou et elle me posa au sommet de l'arbre géant. Je me glissai au milieu de ses branches, me retrouvant peu après tout en haut sur son tronc. Et là, je n'avais plus qu'à écouter ses tendres murmures me révélant des choses si étonnantes, que j'en restai toute bouleversée.

- Tu écoutes parler l'arbre ! Mais, Lilith, réveille-toi donc ! Les arbres ne marchent pas, ne parlent pas et ils ne disposent pas non plus de bras pour t'enlacer comme je le fais, moi... ! s'emporta alors Adama, d'un air incrédule.

- Adama, mon cher Adama, si tu étais un peu plus curieux de la véritable nature des choses, tu saurais que les arbres ont des pieds par milliers, qui s'étendent sous eux, loin des yeux, dans les profondeurs infinies de la terre. Tu apprendrais également que leurs branches constituent autant de bras et que, mues par le doux souffle du vent, elles se balancent joyeusement pour offrir une tendre caresse à qui les comprend vraiment.

- Femme, cesse donc de me vendre ton inutile activité. Je n'entends rien à tout ce babillage plus que stérile.

À ces mots, sans plus tergiverser, Lilith rejoignit l'homme, visiblement excédé, et elle se laissa aller dans ses bras, espérant pouvoir le ravir ainsi à l'humeur ténébreuse qui le ravageait alors. Mais son cœur se trouva tout de même blessé par l'impensable dédain de son compagnon, qui ne savait voir des choses que ce qui en transparaissait en surface.

Néanmoins, La femme continua à poursuivre son existence selon sa nature propre. À mesure que Lilith s'emplissait et fleurissait au cœur de la nature, elle grandissait en intelligence et en sagesse. Et, sa liesse encensait et chantait la Vie et ses merveilles, autant que les dons fabuleux du Créateur.

Par une lumineuse et belle journée dont le cours était déjà largement entamé, après avoir passé des moments fabuleux au sein de la nature, Lilith croisa Adama qui semblait la chercher désespérément.

Les heures du jour décroissaient déjà follement, et les êtres et les choses s'apprêtaient à accueillir la lune et son joyeux cortège d'étoiles lumineuses, plus que fascinantes.

Lilith venait de passer une journée mémorable ayant commencé près de la grande source aux chutes d'eau tumultueuses, qui chantonnaient souvent de façon si réjouissante.

Levée aux aurores, presqu'en même temps que le flamboyant soleil, elle y avait bu la rosée du matin sur les doux pétales des fleurs, avait rendu grâce au Créateur, au moment où l'astre du jour inondait de ses doux rayons le jardin d'Éden en une merveilleuse pluie de lumière.

Bercée par les chants mélodieux des fabuleux oiseaux du paradis, elle s'était glissée dans la source parfumée où se baignaient aussi mille et mille rayons scintillants et fascinants provenant du soleil.

Après s'y être réjouie, elle en était ressortie encore plus désireuse de jouir des mille et cent-mille merveilles du jardin d'Éden. Le magnifique pur-sang noir sur lequel elle aimait tant cavaler vint aussitôt lui offrir, galamment, son dos soyeux. Ensemble, ils s'élancèrent à l'assaut des grands espaces verts, vallonnés par endroits.

Ils cavalèrent même bien au-delà, se fondant dans la vaste étendue sablonneuse, débouchant aux pieds des montagnes mauves et bleues bordant le fantastique désert.

Arrivés là, ils s'octroyèrent une pause méritée. Lilith caressa longuement la belle crinière de sa majestueuse monture, qui en hennissait de plaisir.

Elle tressa aussi sa splendide monture par endroits, et ils en rirent copieusement, trouvant cela fort amusant. Puis ils cheminèrent en sens inverse, à nouveau, la belle crinière parsemée de tresses du fabuleux destrier voletant au grand vent, exacerbant davantage l'allure superbe de ce royal animal.

Ils arrivaient aux abords de la grande source lorsque le cheval suspendit, soudain, le bel élan de sa folle course et se cabra fort brusquement, sans désarçonner sa cavalière pour autant. Ils virent là Adama adossé au tronc d'un saule, maugréant dans sa barbe je ne sais quelle malheureuse parole. Lilith, caressa tendrement le dos du pur-sang, le remerciant d'être un compagnon si formidable. Puis elle glissa à terre et rejoignit prestement Adama, se doutant de la probable raison de l'humeur si peu amène qui l'habitait alors.

Tandis qu'elle approchait de l'endroit où il l'attendait avant même qu'elle ne se douta de sa présence, Adama avait pu lire sur le visage de Lilith l'ivresse de vivre qui la caractérisait toute entière. Et il en était jaloux, pensant qu'il ne parviendrait jamais à l'émouvoir autant que la Nature dans laquelle elle se plaisait tant, au milieu des êtres et des choses.

Pourtant, Lilith n'avait jamais formulé de reproche en ce sens à l'encontre de l'homme. Elle se contentait simplement de vivre comme elle l'entendait, tout en s'efforçant de ne pas oublier qu'il faisait également partie de son existence.

Malgré sa soif de découvertes et de connaissances, elle s'assurait toujours de son bien-être, revenant le rejoindre plus d'une fois, au cours du jour, afin de passer un peu de temps avec lui. Puis, la nuit venue, avec l'homme elle partageait sa couche et s'endormait auprès de lui.

Mais cela ne suffisait plus à Adama. L'homme en voulait toujours plus, à mesure que passait le temps. Il ne voilait même plus son désaccord concernant les libertés dont jouissait allègrement alors sa compagne.

Lilith s'avança donc lentement vers Adama, soucieuse de ce que serait sa réaction, car son humeur du moment ne laissait présager rien de bon. Elle tenta ingénument de se glisser entre ses bras, dans l'espoir de l'apaiser un peu.

Toutefois, Adama la repoussa violemment et s'en alla, sans un mot, après lui avoir adressé un regard amer, chargé de mille reproches. Si elle le rejoignait dans l'instant, ils ne feraient que se disputer, une fois de plus. Alors, Lilith demeura là, seule, méditant tristement sur son sort.

Le serpent, charmeur comme toujours, vint lui offrir l'une de ses danses fabuleuses, dont il avait le secret, pour l'aider à conserver sa joie. Les oiseaux chantaient joliment non loin d'elle, la ravissant de leurs mélodies, si agréables. Le vent se mêla à la fête, faisant joyeusement voleter les mèches des cheveux de Lilith, lui murmurant mille choses magiques, effleurant sa peau en une savante caresse, infiniment douce.

Lilith se laissa charmer par la nature bienveillante des êtres et des choses autour d'elle. Puis elle alla retrouver Adama, seulement lorsqu'elle fut à nouveau en paix avec elle-même. Ce soir-là, Lilith se coucha auprès de son compagnon, en silence.

L e lendemain, elle se réveilla à l'aube, comme, toujours. Après avoir salué la création à travers la prière offerte à l'Éternel Dieu, au lever du soleil, Lilith alla cueillir des fruits savoureux qu'elle ramena au foyer qu'elle partageait avec l'homme-premier.

Lorsqu'Adama se leva de la couche, à son tour, elle lui tendit une coupe pleine de fruits, aussi irrésistibles au regard qu'ils étaient appétissants. Adama accepta ce présent sans rechigner, puis il se réconcilia avec elle, fort heureusement.

Après qu'il se fut régalé, elle lui proposa gentiment :

- Adama, et si tu venais avec moi, aujourd'hui, à la découverte des endroits du paradis que tu ne connais pas encore... ?

- À quoi me servirait-il de courir par monts et par vaux, à peine levé. Non, vraiment, cela ne me dit rien. Je préfère rester par ici et faire les choses, comme je l'entends.

- Si tel est ton bon vouloir, cela me convient. Je reste encore un peu avec toi, puis je m'en irai après. Toutefois, je serai de retour avant que l'astre du jour ne soit au zénith.

- Va, Lilith, va. Je ne te retiens pas.

Lilith s'en alla alors explorer le paradis, comme elle aimait tant le faire. Elle revint à temps au foyer, comme promis, soucieuse de ne pas abandonner Adama ruminant seul, trop longtemps. Ils s'accommodèrent ainsi l'un de l'autre, encore quelque temps.

Néanmoins, l'insatisfaction quasi palpable d'Adama couvait et sans cesse grandissait, minant aussi tout terrain d'entente propice entre la femme-première et lui. Il essaya de se contenir, des mois durant, mais c'était peine perdue. Chaque retour de Lilith, qui apparaissait toujours plus que radieuse, lui faisait mesurer la vacuité de sa propre existence limitée à la jouissance des biens matériels.

Par un beau jour lumineux et frais, Lilith revenait d'un vol fantastique à dos d'aigle. Le majestueux volatile lui avait prêté son dos pour l'emmener survoler les vastes espaces féeriques du paradis. Elle s'était enivrée de beautés terrestres autant que des sensations grisantes qu'elle éprouva lors de ce vol magique.

Adama la vit descendre du dos de l'aigle et ne put qu'en prendre ombrage, se disant que, décidément, sa femme se permettait toutes les audaces. L'euphorie lisible sur le visage épanoui de Lilith ajouta encore à l'acrimonie de l'homme. N'en pouvant plus, il explosa de colère et se mit à l'accabler de reproches, aussitôt :

- Lilith, enfin, te voici… ! Vois dans quel état tu me mets. J'ai passé des heures entières à te chercher. Et, nulle part, je n'ai pu te trouver jusqu'à ce que tu réapparaisses maintenant, femme, comme par enchantement.

- Adama, pourquoi donc me cherches-tu depuis si longtemps ?

- Je m'ennuie de toi un peu trop et je voulais que tu fasses corps avec moi vers le milieu du jour. Mais, comme toujours, tu n'étais pas là.

- Cela ne pouvait-il pas attendre mon retour ?

- Non, Lilith, mon désir de toi est si fort qu'il me dévore, autant que ton absence m'insupporte.

- Tu sais bien que lorsque je pars, c'est souvent pour un bon moment. Pourquoi donc, Adama, t'évertues-tu à m'attendre ainsi, désespérément, au lieu d'occuper ton esprit autrement, le temps que je revienne vers toi... ?

- Je n'ai pas à occuper mon esprit à autre chose qu'à ce qui lui plaît, Lilith. Tu déraisonnes. Mon esprit me commande et je lui obéis. Tu devrais en faire autant, me concernant.

- Pardon, sois plus clair, Adama... !

- Mais oui, je commande, et toi tu m'obéis.

- La belle affaire ! Pour qui donc me prends-tu

Adama ? Je veux bien être ta compagne, mais non pas ta servante.

- Lilith, tu me dois obéissance, un point c'est tout. Cesse donc de tergiverser et rends-toi à l'évidence.

- Et quelle est donc cette évidence ?

- Moi, je commande, et toi, tu obéis sans discussion ! Voilà l'évidence indiscutable. L'unique et la seule qui soit digne de me satisfaire.

- Et d'où sort-elle donc, ta belle évidence, Adama ?

- Elle provient de mon impérieuse volonté et du fait que le Créateur préfère assurément qu'il en soit ainsi.

- Ah, vraiment ?

- Mais oui, Lilith. Dieu veut que nous soyons heureux. Or, toi seule, tu sembles l'être absolument. Pour que ma joie soit complète, il faut que tu consentes à m'obéir et à servir ma volonté, femme... !

- Oublies-tu donc que, homme et femme, Il nous créa de façon égale. Ne sais-tu plus que nous héritons tous deux, pareillement, du paradis et que tu ne peux te prétendre supérieur à moi, autant que je ne pourrais le faire te concernant ?

- Cesse donc de vouloir justifier l'injustifiable, Lilith. Si tu m'obéis comme je le souhaite, nous vivrons heureux tous les deux, et je me sentirai moins délaissé.

- Et en quoi devrais-je t'obéir Adama ?

- Lilith, écoute ! Je veux et j'exige que tu ne t'éloignes plus de moi, sans ma permission.

- Oh, Adama, mon cher Adama, le voudrais- je que je ne le pourrais pas. J'en mourrais d'ennui, autrement. Bien souvent, dès le lever du jour, j'ai déjà eu le temps de faire mille choses avant que tu ne te réveilles. Et tu voudrais que je reste plantée là, à attendre ton réveil pour obtenir de toi le droit d'aller ici ou là ?

- Exactement ! Tu m'as parfaitement compris.

- Adama, mêmes les animaux et les plantes ont droit à un meilleur traitement. Lorsque toute la création dispose d'une juste liberté d'être, toi mon compagnon, tu voudrais me priver de la mienne ?

- Lilith, je ne souhaite pas te priver de ta liberté d'être, mais seulement la coordonner à la mienne. Ainsi, nous vivrons dans une grande harmonie et nous serons heureux tous deux, ensemble.

- Je suis vraiment navrée, Adama, de ne pouvoir abonder dans ton sens. Ton besoin d'harmonie se trouve à l'opposé du mien et je ne vois nulle raison de m'y soumettre.

- Non seulement tu vas t'y soumettre, mais tu vas commencer par satisfaire immédiatement mon désir de toi. Femme, couche-toi là, sous moi, et laisse-moi jouir de toi pour apaiser les tourments que tu ne cesses de soulever en mon être.

- Moi, me coucher là, sous toi, parce que tu l'ordonnes en maître... ? Adama, tu n'y songes pas !

- De gré ou de force, Lilith, il faudra bien que tu m'obéisses, la menaça encore Adama, se rapprochant d'elle brusquement, dans le but de la soumettre à lui, physiquement.

Il tenta alors de la faire basculer sous lui en vue de satisfaire son bouillonnant désir. Mais la femme, aussi leste qu'un félin, et non moins forte que son compagnon sur le plan physique, s'échappa prestement de l'emprise de ce dernier. À son tour, elle darda sur lui un regard foudroyant, tout en lui jetant :

-       Pour qui te prends-tu donc, Adama ? Tu crois qu'il te suffit de le vouloir pour me soumettre à ta volonté ? Soumets-toi à la tienne propre, autant qu'il te plaira, mais ne t'avise plus jamais de vouloir m'en imposer d'une quelconque manière, et encore moins par la force.

-       Lilith, écoute-moi ! Lilith, obéis-moi et arrête vraiment de me répondre ainsi, tout le temps. Je veux que tu restes avec moi au lieu de courir ici et là, par tous les temps. Vois, les animaux, tous les êtres et toutes les choses jouissent de ta présence bien plus que je ne puis y prétendre. Tu es ma femme, tu es à moi. Reste avec moi et fais comme je te le demande. Lilith, écoute-moi ! essaya-t-il encore, d'une voie suppliante que trahissait néanmoins son regard empli de menace.

- Mais Adama, ne vois-tu donc pas que nous avons l'éternité pour nous. À quoi cela nous servirait-il de vivre en restant continuellement en présence l'un de l'autre, comme tu le souhaites tant ? Je pense qu'il nous faudrait espacer quelque peu nos moments de retrouvailles afin de mieux apprécier la vie ensemble, au fil du temps. Autrement, c'est l'ennui qui prendrait rapidement le dessus et nous nous lasserions vite l'un de l'autre, ne crois-tu pas ?

- Mais je m'ennuie déjà, Lilith. Je m'ennuie de toi, de tes continuelles absences…

- Je t'assure Adama, mieux vaut t'ennuyer de mes absences plutôt que de t'ennuyer en ma présence, parce que ma personne te pèse.

-     Te voilà repartie avec tes grands discours. Assez tergiversé... ! Sache que dès à présent, femme, je n'écouterai plus tes balivernes et je ne te laisserai plus non plus m'en imposer comme tu le fais si librement. Tu m'obéis, et c'est tout..., s'écria encore Adama, au comble de l'exaspération, les yeux fulminant d'une vive et insoutenable colère.

-     J'essaye de te dire les choses aussi simplement que je les conçois, Adama. Je ne t'impose rien, tout comme tu ne devrais pas chercher à me soumettre à ta volonté, sans tenir compte de ma liberté d'être. Sois moins exigeant, moins autoritaire et, peut-être, parviendrons-nous à une entente acceptable, autant pour toi que pour moi.

-     Puisque la force n'y suffit pas, pour la dernière fois, Lilith, couche-toi sous moi, en signe d'obéissance, autrement, j'en appellerai au Créateur Dieu et Il te punira sévèrement.

- Fais donc cela, Adama. Fais donc cela... ! Je ne me coucherai jamais au-dessous de toi en guise de soumission. À présent, Adama, écoute bien ceci : *Lilith n'obéit qu'à Lilith et à son Créateur, le Seigneur et Maître. Lilith n'obéit qu'à Lilith et à l'Éternel, son Créateur et Dieu.* Si je t'avais laissé venir au-dessus de moi, parfois par le passé, ce n'était que par pur jeu et avec l'envie de te satisfaire. Mais alors, tu n'étais pas si prétentieux et, encore moins, orgueilleux. Dorénavant, tu as perdu ce privilège qui ne venait que de mon plein gré. S'il ne peut me tolérer telle que je suis, ton plaisir ne se nourrira plus au détriment du mien, à l'avenir. Comprends-tu bien ce que je te dis là, Adama ?

- Je crois comprendre que tu te refuses toujours à

m'obéir. Si tel est ton désir, femme, qu'il en soit ainsi ! Moi, j'agirai promptement afin de garantir le mien. Je ne veux plus de toi dans ma vie, Lilith. Tu n'es que pure source de nuisance pour moi, sache-le. Et je refuse de continuer à subir ta présence qui ne m'est guère profitable, dans l'idéal.

À ces mots, Lilith se retira de la grotte qui leur servait de foyer. En s'en allant, la femme lança un regard fortement empreint de dépit à celui qui fut créé en même temps qu'elle, à égalité et de la même manière qu'elle, mais qui se tenait insolemment devant elle, à présent, revendiquant des supposés droits qu'il pensait avoir sur elle.

Elle prononça alors le nom merveilleux et secret de Dieu et se retrouva aussitôt dans un autre abri.

Désormais, la femme-première reposait loin des foudres d'Adama, inévitablement déchaînées contre sa personne en ces temps. Elle ne pouvait alors comprendre qu'il puisse s'en prendre à elle avec autant de fureur, allant jusqu'à souhaiter qu'elle disparaisse de sa vue, à jamais.

L'homme était devenu autre. Elle ne le reconnaissait déjà plus depuis quelque temps. Il récriminait souvent contre elle et avait rarement des paroles apaisantes à son égard, sauf lorsqu'il voulait s'accoupler avec elle.

Voyant que Lilith s'épanouissait au contact de la nature bien davantage qu'en sa présence, tandis qu'il se sentait invariablement satisfait de son état et de l'ordre naturel des choses, l'homme se mit à en prendre ombrage.

Petit à petit, son humeur passa du mécontentement à la rage. Adama réalisait, ô, combien cette créature créée en même temps que lui le surpassait à tous égards. Il comprit également à quel point la Nature et le Créateur se réjouissaient de l'existence de la femme. Celle qui semblait lui faire de l'ombre, à lui, l'homme, bien davantage qu'elle ne l'égayait en fin de compte, selon lui.

Lilith se révélait comme étant le majestueux joyau du Créateur, le vœu matérialisé de l'univers, et Adama en prenait conscience jour après jour. Plus l'évidence s'imposait à son cœur, plus cela l'irritait et plus il détournait son cœur de celui de sa compagne, dans le merveilleux paradis dont ils avaient également hérité.

En réalité, le Créateur qui sait tout, voulut leur permettre de prendre le temps de s'apaiser, en espérant qu'ils parviendraient à se réconcilier sans son intervention. Mais, voyant que ni la femme ni l'homme ne manifestait la moindre envie de tendre l'un vers l'autre afin de faire la paix, finalement, Il accéda finalement à la demande d'Adama, en se manifestant à lui à travers la parole.

Dès le début du mal-être qui s'empara d'Adama, le démiurge à qui rien n'échappe voyait l'homme se laisser consumer par la jalousie et par l'aigreur. Et cela le désolait grandement. Et il redoutait le pire pour ces deux êtres merveilleux créés à son image et dont l'existence avait été ardemment voulue par son cœur aimant.

Mais il ne voulait pas intervenir, les laissant libres de décider du cours qu'ils voudraient eux-mêmes donner à leurs existences. L'un avait choisi de s'emplir de la Vie, tandis que l'autre se contentait d'appartenir à la vie. Le démiurge respectait leurs choix respectifs, réalisant à quel point deux créatures amenées à la vie, de la même manière, pouvaient évoluer de façons si opposées.

Il craignait l'issue finale de l'acrimonie qui rongeait le cœur de l'homme, espérant que celui-ci parviendrait à tempérer ses humeurs afin de retrouver la paix intérieure, pour tendre vers un dessein porteur de bien.

Cela aurait été agir clairement en faveur de la femme et souligner le caractère admirable de sa nature en comparaison de celle de l'homme, s'il s'était exprimé plus tôt en vue de les départager. Or, Dieu ne pouvait pas désavouer l'une de ses créatures, sans se désavouer Lui-même. Il les voulait libres de décider pour eux-mêmes et de tendre vers la destinée de leurs choix. Agir directement en ce cas aurait été contraindre Adama à réaliser le fait qu'il se fourvoyait et qu'il se trompait d'ennemi.

Adama pouvait, autant que Lilith, se servir de ses capacités mentales pour s'investir dans le devenir de la Création. Mais il ne le voulait tout simplement pas, ou ne le réalisait peut-être pas. Le Créateur fut fort affligé par cette situation pour laquelle Adama en appela à Lui, au comble du désarroi. Sept jours plus tard, Il se manifesta donc à l'homme :

—   Adama, mon fils bien-aimé, tu m'as invoqué, me voici. Que puis-je pour toi ?

—   Seigneur Dieu, merci de me venir en aide si promptement. Voici mon problème. Je n'en peux plus de la femme que tu m'as donnée pour compagne et je souhaiterais que tu m'en débarrasses pour toujours, si possible.

—   Te débarrasser de Lilith pour toujours ? Et pourquoi donc cela, mon fils ?

—   Elle est insupportable et elle n'en fait qu'à sa tête. Je me retrouve si souvent seul, et cela me désole et me pèse terriblement.

—   Est-ce la seule raison qui te pousse à vouloir la bannir de ta vie ?

—   Non contente de m'abandonner quand bon lui

semble, qui plus est, elle refuse de se coucher sous moi... !

- Adama, mon cher enfant, sais-tu seulement ce que tu me demandes là ?

- Oui, Seigneur Dieu, la femme ne veut jamais m'obéir et j'en ai plus qu'assez de son attitude qui, sans cesse, m'oppresse et me blesse. Ramène-la dans le droit chemin ou fais-la disparaître de ma vie à jamais, je t'en supplie. Autrement, je ne sais si je pourrai continuer à la supporter.

Bien entendu, le Créateur était plus qu'attristé par la résolution alors prise par Adama. Il l'était encore plus en constatant à quel point l'homme qu'Il avait lui-même créé haïssait la femme, née à la vie en même temps que lui et de la même manière.

Dieu entendit la terrible requête d'Adama et se dit qu'il Lui fallait agir, sans plus tarder. Il en décida ainsi, après avoir sondé en profondeur le cœur d'Adama et constaté que l'aigreur en lui était telle, que rien ne saurait l'amoindrir. Cependant, Il fut pris d'une grande compassion pour chacune de ses créatures et Il décida :

- Puisque telle est ta volonté, je m'en vais éloigner de ta vie pour toujours la femme créée en même temps que toi.

Ayant dit cela Dieu appela la femme et ordonna :

- Lilith, viens, partons !

- Me voici, répondit la femme, qui était apparue sur le champ, à la demande de son créateur.

- Je suis prête, Seigneur, partons.

- Je n'en peux plus d'elle. Je ne veux plus jamais la revoir, s'écria Adama, hors de lui, en apercevant Lilith !

Le Créateur enleva Lilith du paradis où elle avait vu le jour et qu'elle aimait tant, donnant ainsi satisfaction à la requête d'Adama, dans la mesure du possible.

En s'en allant, Lilith se tourna une dernière fois vers Adama, son ancien compagnon et lui lança d'une voix trouble mais ferme :

- Homme, ne prononce plus jamais mon nom nulle part, car il est devenu impur dans ta bouche. Tu en es indigne, dorénavant, et ce ne sera que sacrilège si tu oses me nommer à nouveau, tu le sais... !

Adama se détourna d'elle brusquement, ne pouvant supporter l'intensité du regard de celle qui venait de lui imposer ses propres limites, en fin de compte. De ses mains, il se voila vivement la face, comme s'il venait d'être frappé par un dard invisible.

Cependant, l'homme n'oubliera jamais l'expression d'immense tristesse qui ombragea alors le merveilleux visage dont il ne pouvait plus tolérer ni la vue ni l'éclat. Comme si la lueur trop vive d'une insoutenable lumière venait de blesser ses yeux, il en fut marqué à jamais.

Alors, le Divin enveloppa Lilith de son souffle pour la soustraire aux yeux d'Adama, qui ne put s'empêcher de se retourner une dernière fois pour la voir s'en aller loin de lui, à jamais. L'homme vit Lilith s'envoler dans les airs pour disparaître de sa vie, de son monde, pour toujours. Ses voiles flottant au grand vent, dans les nuées, l'entouraient d'un écran de mystère qu'il ne pourra jamais percer ni pénétrer.

La dernière image qu'il put saisir d'elle fut celle de son visage meurtri, se retournant vers lui en un mémorable et si poignant : *''POURQUOI ?''*

À n'en point douter, le serpent était là, dès le commencement de la vie de Lilith et d'Adama. Comme les animaux, les arbres et les autres éléments du paysage, il était fasciné par Lilith et la suivait partout où elle allait. Le serpent ne se trouvait jamais loin de Lilith. Il voyait tout et entendait tout de ce qui se disait entre l'homme et la femme.

Et, lorsque Lilith fut contrainte de s'en aller, il en fut le premier accablé parmi les êtres appartenant à la Création. Et il se morfondait, et il en voulait à l'homme. Avec tous les autres, qu'il s'agisse des êtres ou des choses appartenant à la création, il se lamentait du bannissement de Lilith de leur monde et de l'inévitable ennui qui s'ensuivrait, à n'en point douter.

Lilith était la flamme de la création, celle par qui le paradis renaissait à lui-même et se renouvelait à travers le regard lumineux et fécond de celle qui savait le recevoir et se donner à lui de façon totale et pleine, sans commune mesure. Aussi, l'univers s'attrista-t-il avec le monde, et les astres se voilèrent-ils de l'ombre du sombre désarroi, ainsi engendré. Et Dieu s'interrogea-t-il profondément à l'époque sur le devenir de son Œuvre comme sur la véritable nature vers laquelle tendraient, en fin de compte, les êtres qu'Il avait créés à son image.

Lilith se morfondait à l'écart, à l'endroit où Dieu l'avait installée, en attendant de trouver une solution au cas d'Adama.

Elle se questionnait sur le fait que le Créateur ait si rapidement donné satisfaction à Adama, la désavouant peut-être ainsi aux yeux de l'homme-premier. Quelle était sa véritable place dans le cœur du démiurge ? Avait-elle droit aux mêmes égards que l'homme ?

Qu'attendait exactement le Créateur de sa part et serait-elle véritablement en mesure de répondre à ses attentes. Pour Lilith, une chose était claire, nette et limpide : jamais elle ne se soumettrait à l'arrogance imposante et à la volonté de domination plus que flagrante de l'homme. Pour elle, mieux valait encore n'être jamais née à la vie, plutôt que de subir un tel sort.

Lilith savait déjà ce que c'est que de souffrir. À présent, les angoisses du futur incertain venaient s'agglutiner au reste, ombrageant davantage son horizon d'avenir, désormais, plus que nébuleux.

« Le Créateur-Dieu doit aimer Adama bien plus qu'Il ne m'apprécie. Autrement, comment expliquer sa décision en faveur de l'homme et ce silence envers moi ? », se lamentait Lilith, seule dans le paysage dénué de vie et à l'atmosphère lunaire dans lequel elle se retrouvait. Sa réflexion oscillait inévitablement entre la défaillante confiance et doute insidieux :

« Comment comprendre que le Seigneur ait aussi aisément abondé dans le sens d'Adama, sans même m'avoir entendue ? Vraiment, je n'y comprends rien et je trouve cela profondément injuste. À moins qu'il n'existe une autre explication qui m'échappe encore, je ne sais si je pourrai continuer à me réjouir d'être l'une des créatures du Divin. Qu'ai-je donc fait de mal au point de démériter à ce point aux yeux d'Adama et peut-être aussi au regard de l'Éternel ? Je me réjouissais tant d'appartenir au monde dont je viens d'être bannie. Je ne faisais rien d'autre que de vivre, en aimant la vie et en exaltant chacune de ses richesses. Cela suffit-il à me haïr et à me punir de façon aussi cruelle ?

Certes, Adama aurait voulu que je sois davantage présente à ses côtés ! Mais comment pouvais-je seulement supporter de vivre à sa façon, sans me sacrifier continuellement ? Je n'ai fait qu'obéir à ma nature profonde, intrinsèque, à celle qui m'a toujours poussée à aller à la rencontre des êtres et des choses. Cela, toujours, avec le désir d'en saisir la véritable beauté, l'essence même. J'avais beau essayer, je ne pouvais supporter de demeurer longtemps inactive en compagnie d'Adama sans me sentir véritablement suppliciée. Ne pas être libre de se mouvoir à son aise, n'est-ce pas ne pas exister, en somme ? Vivre, est-ce encore vivre, s'il faut se contenir toujours, sans vraiment pouvoir répondre à ses propres aspirations ? Aimer l'autre, est-ce en définitive le contraindre à agir continuellement de façon contraire à sa nature propre et à sa volonté ? Adama me reprochait de ne pas l'aimer assez. Cependant, m'aimait-il seulement un peu pour s'être conduit comme il l'a fait avec moi, d'une si ignoble façon ?

Car, si oui, n'aurait-il pas essayé de me comprendre quelque peu, au lieu de vouloir me forcer à n'exister que selon ses désirs à lui ? Non, vraiment, cette vie ne vaut pas la peine d'être vécue, si elle se résume à n'exister que selon la volonté et les souhaits d'un autre que soi. Quand le Créateur viendra me trouver, je lui avouerai mon dépit et je lui demanderai de faire en sorte que je retourne au néant d'où il m'a tirée, plutôt que de poursuivre une existence pitoyable que je n'accepterai jamais. Les oiseaux déploient leurs ailes, librement, où bon leur semble. Même les plantes sont libres de laisser leurs branches se balancer au gré du vent. Et moi, dotée d'un maître, le plus grand, et qui m'a créée à sa propre ressemblance, je ne pourrais en faire autant... ? Vraiment, j'attends de connaître l'issue que me réserve le Seigneur Dieu, avant de me résoudre au pire. J'ai espoir en son bon cœur, bien que les événements récents aient plongé mon esprit et mon cœur dans un si grand désarroi. », se morfondait intérieurement Lilith, alors.

Dieu vint pourtant à Lilith bien plus tôt qu'elle ne s'y attendait. Il murmura doucement dans sa direction afin de ne pas l'effrayer, tandis qu'elle méditait encore sur ce que serait son sort. Il savait qu'elle était tourmentée par ce qui venait de se produire et n'ignorait rien du débat intérieur qui avait cours en son cœur. Mais la femme se détourna aussitôt du Créateur et se jeta face contre terre, en signe de soumission et de respect.

- Lilith, ma fille bien-aimée, que fais-tu là... ?

- Je voile ma face aux yeux de mon Seigneur et Dieu car, je lui ai fortement déplu, semble-t-il, et je ne saurais plonger mon regard dans le sien, dorénavant.

- Que dis-tu là, ma chère enfant ? Tu ne m'as nullement déplu. J'ai tardé à venir te trouver mais je ne t'ai point oubliée. Lilith, ma joie, ma merveilleuse fleur, ne doute jamais de mon amour pour toi. Tu m'entends, jamais ! À présent, relève-toi et viens donc près de moi. Sèche tes larmes, Lilith, et réjouis-toi mon enfant.

- Seigneur Dieu, ne veux-tu donc pas me punir pour le blâme dont m'accable Adama ?

- Mais non, ma fille. Tu n'as déplu qu'à Adama et je ne cherche aucunement à te punir.

- Puis-je donc me relever dans la dignité... ?

- Assurément, ma fille. Ne sais-tu pas que tu es de loin l'un des plus beaux joyaux de ma Création ? Lilith, ma fille, tu es la splendeur-même dont se réjouit mon cœur, lorsque je te vois vivre selon ta nature propre.

- Tu ne m'en veux donc pas, Seigneur, d'avoir offensé l'homme, comme il le prétend ?

- Nullement ! À chacun sa destinée. Adama vient de choisir la sienne et tu as également droit à celle que tu mérites.

- J'ose m'accrocher à l'espoir, à nouveau, mon Seigneur et mon Dieu.

- À présent, oui, sèche tes larmes et réjouis-toi à nouveau, en sachant que je t'aime au moins autant qu'Adama.

- Me voici plutôt rassérénée, mon Seigneur et mon Dieu. Pleine reconnaissance et infinie gratitude pour ta grande mansuétude et pour ton admirable justice.

- Tu es ma fille, Lilith, ne l'oublie jamais.

- À présent, qu'adviendra-t-il de moi, Seigneur ?

- Je te laisse méditer sur l'échange que nous venons d'avoir et je reviendrai bientôt te dévoiler ce que je prévois pour toi. Nous en discuterons ensemble, et tu me diras si cela te convient.

Lorsque Dieu revint vers Lilith, quelques temps plus tard, ils s'entretinrent tout d'abord à propos d'Adama car le créateur voyait que le cœur de Lilith était resté troublé par la discorde existante entre l'homme et elle.

Lilith, fille bien-aimée, épanche ton cœur et libère-toi véritablement de ce qui encombre encore ton esprit. Ma joie ne saurait être rétablie tant que celle de la fine fleur de ma création demeurera ainsi altérée.

- Mon Seigneur, je ne comprends toujours pas pourquoi l'homme m'a condamnée et haïe de la sorte...

- Il s'est laissé envenimer par la jalousie, c'est ce qui explique le fait qu'il t'en veuille autant.

- La jalousie, qu'est-ce donc que cela ?

- C'est ce que ressent l'être qui en veut à un autre pour ce que celui-ci a, ou semble avoir de plus que lui, selon lui. C'est un sentiment mauvais qui ronge progressivement le cœur de ceux en qui il s'infiltre et c'est un vice qui peut finir par les détruire, s'ils persistent à s'en nourrir.

- Mais je n'ai rien de plus qu'Adama, Père !

- Peut-être pas, mais il ne le sait pas. En réalité, tu te sers mieux de tes capacités et de tes aptitudes mentales que lui, et il t'en veut énormément pour cette raison.

- Il m'en veut pour cela..., mais pourquoi n'en fait-il pas autant, puisqu'il en est aussi bien capable ?

- Simplement par manque de volonté. C'est ce même défaut qui fait qu'il préfère t'accabler, plutôt que de se questionner sur ce qui peut être changé et amélioré concernant sa propre nature.

-   Nous pouvons donc changer de nature ?

-   Mais bien entendu, Lilith. Vous êtes des êtres évolutifs, en bien comme en mal. Je préfèrerais pour ma part que vous puissiez évoluer en bien. Toutefois, il vous appartient de choisir librement la voie que vous souhaitez, selon votre cœur, au cours de votre existence.

-   Qu'Adama me blâme pour ses propres faiblesses, c'est une chose. Mais pourquoi vouloir me condamner à disparaître de son existence d'une façon aussi cruelle ? Suis-je une créature si abominable ? Ne suis-je pas semblable à lui ?

-   Certes, oui, mais vous développez chacun des penchants différents. L'homme que j'ai créé en même temps que toi aime à se prélasser dans le paradis, tandis que toi tu t'y prélasses autant que tu t'y investis. Il n'aime pas la solitude, mais il se refuse d'agir de façon à la briser, tant que cela lui en coûte. La seule solution qu'il ait trouvée dans ce cas est, semble-t-il, celle de rejeter la faute sur un autre, et donc sur toi, sa compagne ! Oui, Lilith, l'homme ne pouvait blâmer nul autre que toi puisque, toi seule te trouves être son égale, en vérité, en plus du fait que vous viviez si souvent en présence l'un de l'autre.

- Rejeter la faute sur moi, c'est tout ce que l'homme a trouvé de juste me concernant !

- Lilith, ma fille, cela n'a rien de juste et cela porte d'ailleurs un nom bien particulier.

- Lequel ? Quel nom donne-t-on à une telle injustice ?

- On l'appelle traîtrise ou encore trahison, et ce phénomène naît souvent de la lâcheté et du mensonge.

- Le mensonge... !

- Oui, en refusant de voir son erreur, Adama se ment à lui-même, en prétendant que tu es indigne de lui pour des raisons qui n'accommodent que lui et qui sont si éloignées de la vérité.

- Pourquoi refuser de partager avec moi le paradis, si vaste et bien assez grand pour des milliers de créatures, dans ce cas ?

- par pure jalousie, Lilith. Le mensonge naît de la jalousie qui ne produit rien de bon. En te voyant t'épanouir, jour après jour, tandis qu'il jouissait d'une existence stable mais moins enrichissante que toi, Adama en a nourri une malsaine envie.

- Pourquoi m'envier autant, puisqu'il a librement fait le choix de vivre comme bon lui semble ?

- Parce que tu représentes ce qu'il ne sera pas, faute de bonne volonté, et qu'il préfère te haïr pour mieux se dissimuler cette triste vérité qui l'insupporte, assurément.

- Il fallait donc que je disparaisse pour qu'il ne subisse plus la comparaison, est-ce bien cela ?

- C'est si juste, Lilith. Ta présence était devenue un supplice perpétuel pour ton compagnon. La honte qu'il en éprouvait, en raison de sa propre incapacité à s'assumer s'est, dès lors, progressivement transmuée en amertume. Puis l'amertume est devenue haine, et cette terrible rancœur a conduit à ton blâme.

- Je comprends mieux cette terrible situation. Dorénavant, pourrai-je au moins poursuivre le cours de mon existence en paix, bien que tout ceci soit déjà gravé au plus profond de mon être, et qu'il en sera toujours ainsi, probablement.

Dieu bénit alors Lilith et l'installa sur une merveilleuse planète dont elle est et demeure l'unique maîtresse, depuis.

Pendant qu'Adama attend la décision de Dieu, il se promène dans un paradis où les êtres et les choses se moquent de lui, à présent, lui reprochant d'être responsable du sort injuste de Lilith.

Le soleil s'est voilé d'ombre sur le passage de l'homme. Il a fait appel aux nuages les plus sombres afin qu'ils nimbent l'horizon des couleurs de la tristesse, chaque fois qu'Adama sortira de son refuge pour se fondre dans la nature.

- Elle n'est plus là Lilith, la lumineuse, splendeur de la création en présence de laquelle je me plaisais tant à féconder le monde. Elle n'est plus, la resplendissante fleur du Divin, jadis offerte à la contemplation de nos yeux. Pourquoi inonder encore ce monde de mes doux rayons vivifiants, quand la générosité du cœur n'est plus maîtresse en ce triste paradis, que je suis censé régénérer, jour après jour. Pourquoi, pour qui ? Non, vraiment, pour l'heure, j'aime autant me cacher, plutôt que de feindre de me réjouir pour l'accomplissement d'une ingrate besogne. Sans Lilith, qui mérite vraiment la chaleur vivifiante que je donne... ?

- Et nous, que fais-tu donc de nous, bel astre du monde si terne en ces nébuleux jours ? Nous aussi, nous sommes tristes à en mourir de ne plus pouvoir jouir de la douce et bienfaisante présence de Lilith, s'écrient les autres en chœur, aussitôt après. Et le lion rugit en direction de l'homme d'un air féroce, pour la première fois, le menaçant de ses crocs terrifiants, tout en l'interpellant d'un air irrité :

- Homme, que n'as-tu eu pitié de nous, si tu n'en avais de toi-même ? Pourquoi as-tu accablé la femme, jusqu'à vouloir la désavouer au regard du Créateur ? Elle n'est plus là, celle qui promenait ses douces et belles mains dans ma crinière ondoyante pour me faire ronronner de plaisir et bénir le démiurge de la grâce ainsi offerte. À côté de qui marcherais-je galamment au grand jour, dorénavant, moi, heureux et fier d'être pleinement reconnu pour ce que je suis, en vérité, dis-le-moi donc ? Qui viendra murmurer à mes oreilles ces paroles mystérieuses que, seule, Lilith savait formuler et prononcer. Non, vraiment, Hâte-toi de t'en aller loin de ma vue. Ordonne à tes pas de te porter bien vite hors de ma présence, avant que je ne perde patience..., RRRRRRRRRRRRRRR, rugit de nouveau le majestueux félin.

Le serpent se met à siffler à l'approche d'Adama, se faisant de plus en plus agressif, à son tour, lui jetant des regards de reproches plus qu'éloquents.

La forêt toute entière se fait muette, dès que l'homme s'y hasarde. Les arbres y ordonnent au vent de s'éloigner d'eux, quelques temps. Les oiseaux y suspendent aussitôt leurs chants mélodieux. La tourterelle fait la morte, pour ne pas avoir à regarder l'homme.

Tandis qu'Adama s'éloigne de la forêt, excédé par la rébellion des êtres et des choses qui appartiennent à son monde, le corbeau fait des rondes autour de lui, transformant son chant, autrefois mélodieux, en longs coassements impertinents et plus qu'insupportables.

Ils récriminent tous contre lui de façon manifeste, tout en exaltant la nostalgie de la présence de Lilith, qui leur manque tant... « *Si seulement Lilith était là...* », est devenu alors le refrain continuel par lequel ils persistent tous à accabler l'homme.

Le singe, qui singeait gentiment l'homme et la femme autrefois, les faisant rire à s'en tordre les boyaux, se rit gaillardement d'Adama à présent. Il lui sert des grimaces plus que méprisantes, ricane insolemment à son encontre, puis il se détourne de l'homme, sans plus, quand celui-ci ose l'approcher.

La lune s'est soudainement gorgée de rouge et de noir, de façon contre nature, comme pour symboliser la nature de la tragédie par laquelle le monde se voit subitement démuni de sa prodigieuse perle. Elle s'est transformée en une sorte de lune noire, imposant des complaintes aussi accablantes pour Adama qu'elles s'avèrent alors poignantes pour le reste de la Création.

L'aube, quant à elle, soupire longuement en se plaignant :

-    Adama, ô Adama, que n'es-tu pas le dernier des vivants sur Terre ! Dorénavant, oui, qui viendra m'embrasser en même temps que l'astre du jour pour se repaître de ma splendeur ainsi exaltée..., qui, dites-moi donc qui ?

Et le vent, à sa suite, se met à maugrée :

- Ah, pauvre de moi ! Qui me prêtera à présent sa belle chevelure ondoyante pour que j'y laisse courir mes doigts invisibles avec un plaisir sans commune mesure ? Qui, dis-moi donc qui ? Puis, s'adressant aux autres, à la ronde :

- Oui, qui, dites-moi donc qui ? Et, quand à son tour le crépuscule fait son entrée plus que remarquée, il s'exclame dès son arrivée, de façon fort affligée :

- Et voici que j'apparais sans que nul ne vienne m'accueillir pour me dire merci. Jadis, Lilith m'aurait offert ses yeux émerveillés pour que j'y plonge mes doux reflets, à loisir. Ah, me voici plus que maudit... ! Ah, où donc se trouve notre Lilith à présent... ?

- Taisez-vous ! Elle n'est plus, votre Lilith. Il n'y a plus de Lilith ici. Silence... ! s'emporte soudain Adama contre toute la Création, qui semble s'être alors muée en une interminable complainte dressée contre lui.

À leur tour, le lion, la panthère et le tigre se sont mis à rugir, autant que le vent, devenu une fois de plus mauvais. Tous ensemble, avec les autres, ils reprennent et répètent inlassablement cette terrible mélopée, qui ne fait qu'incriminer toujours et encore Adama :

- Plus de Lilith, plus de Lilith, plus de Lilith, comme c'est triste... !

Inconsolable et ne pouvant ravaler sa peine, la pie-jacassante se met à harceler Adama de questions d'une voix perçante et fort criarde :

- Pourquoi avoir fait partir Lilith, Adama ? Pourquoi, pourquoi Adama, pourquoi... ? n'a-t-elle cessé de répéter, jusqu'à ce qu'il lui réponde, enfin, sur le ton de l'emportement :

- Tu le sais bien, Lilith n'était pas à moi, elle ne l'a jamais été, du reste !

- Mais elle t'aimait, Lilith, plus que tout..., se récrie l'oiseau.

- Elle m'aimait plus que tout, non, je ne le crois pas ! Elle était toujours partout, sauf avec moi.

- Adama, oh Adama, cesse donc de faire l'enfant à ce point ! Lilith te rejoignait toutes les nuits ; la femme passait une bonne partie de ses journées avec toi, et toi, tu es là à te plaindre de ce qu'elle ne partageait pas chacun des instants de sa vie avec toi... !

- Ce n'est pas tout à fait le cas. En réalité, chacun

d'entre vous jouissait de sa présence bien davantage que moi... ! À présent, laisse-moi tranquille avec tes jérémiades. Lilith n'est plus, et c'est tant mieux, conclut Adama d'une voix acerbe et sans appel. L'oiseau s'envole à tire-d'ailes, allant noyer sa peine dans le bleu de l'horizon, bien plus teinté d'ombre que de lumière, en ces jours désolants où le soleil se donnait à la Création avec grande réserve. Adama se met à s'éloigner d'eux tous, pressant le pas, tout en s'indignant à travers ce long monologue :

- Assez, j'en ai plus qu'assez de vos incessantes récriminations à mon encontre ! Qu'a-t-elle donc de plus que moi, votre Lilith, pour que vous en soyez tous à vous lamenter ainsi, incessamment, parce qu'elle n'est plus là... ? Dites-le-moi ! Lilith, n'est plus de ce monde et moi seul, je reste la créature humaine de Dieu dont vous devrez vous accommoder à l'avenir. Vous souffrez tant, ahaaaa ! Et moi donc ? Vous croyez savoir ce qu'est la souffrance ? Mais où étiez-vous, tandis que votre belle Lilith me désobéissait, m'ignorait et n'en faisait qu'à sa tête ? Ah, oui, je m'en souviens bien, moi ! Mais oui, elle était toujours avec vous, au milieu de vous, partageant tout avec vous... ! Et vous voudriez à présent que je me repente de ce que je recevais d'elle bien moins que le plus petit d'entre vous ? Non, non et non ! Votre justice n'est pas la mienne et je ne consentirai jamais à me soumettre aux humeurs d'une femelle ! J'en ai marre, marre de vous, vous m'entendez. À présent, silence..., éructe encore Adama, fulminant, presqu'au seuil de la folie, avant de poursuivre :

- Pensez-vous avoir plus de valeur que moi dans le cœur du Divin Créateur ? Je ne le crois pas. Seule la folie de Lilith l'éloignait si souvent de moi, afin de vous donner la préférence. Et, cela, je ne le tolérai plus, tout comme je ne supporterai plus vos interminables railleries. Le souffle de Dieu habite en moi. En conséquence, vous me devez obéissance et respect, est-ce clair... ?», hurle encore l'homme, visiblement au comble du désarroi.

Voyant cela, le Créateur intervint une fois de plus en sa faveur. Étant donné qu'Il avait placé l'humain au-dessus de toutes les autres créatures, au moment de la Création, Dieu ne pouvait aller à l'encontre de sa propre parole.

Dieu revint donc sur terre au bout de trois jours, puisque l'homme était tant méprisé par la Création, à présent, à son grand regret. Puis Il ordonna à tous d'agir selon le caractère paisible de leur nature propre et non plus selon l'agressivité dont ils étaient pourtant capables. Le Démiurge s'en alla après cela, ayant promis à Adama de revenir vers lui au septième jour.

Au moment de la rencontre promise, Dieu proposa à Adama de choisir une épouse selon ses désirs.

- Adama, mon fils, je t'ai donné une première compagne. Mais, de toute évidence, elle ne te correspondait pas. À présent, dis-moi, comment vois-tu celle qui pourrait idéalement partager ton existence ?

- Seigneur, je me vois en compagnie d'une femme aimable, douce et, surtout, pas contrariante.

- Tu souhaites en vérité une compagne docile et aimante ?

- Oui, Seigneur. Je ne veux plus me retrouver en présence d'une femme qui me contredise et qui me donne des raisons de me tourmenter, plus que nécessaire. Je veux une femme qui soit tout le contraire de la première.

- Tout le contraire, vraiment ?

- La voudrais-tu laide et toujours silencieuse ?

- Certes, non. J'aimerais cependant qu'elle ne parle que pour m'être agréable, sans chercher à discuter mes ordres, à tout propos.

- Si je te donne une telle épouse, es-tu certain de pouvoir la chérir et de la traiter comme il se doit, Adama ?

- J'en suis sûr et certain, Seigneur. En vérité, c'est une femme de cette veine qu'il me faut.

- Si tu n'agis pas conformément à ta promesse, les conséquences en seront désastreuses, en as-tu seulement conscience ?

- J'en prends connaissance et je ferai tout pour respecter mes vœux.

- Sache que, dorénavant, le fruit de l'arbre de vie vous sera interdit, à ta nouvelle épouse comme à toi. Pour que ton vœu soit préservé, une fois réalisé, vous ne devrez en manger sous aucun prétexte, à compter de ce jour. Autrement, l'ordre des choses, tel que tu le veux, en sera brisé et tu n'auras plus qu'à en pâtir.

- Qu'il en soit ainsi, Seigneur. Le paradis regorge d'arbres aux fruits délicieux et celui de l'arbre de vie ne risque pas de me manquer. Si tel est le sacrifice auquel je dois consentir pour avoir une femme conforme à mes souhaits, j'y consens volontiers.

- Il sera fait selon tes vœux, mon fils. Cependant, tâche de respecter ta promesse et de faire en sorte que ton épouse te soit fidèle, lui recommande encore le démiurge.

Mais Adama ne comprenait pas encore la véritable portée de ces ultimes mises en garde formulées par le Créateur.

« Puisque je suis le seul homme à pouvoir me réjouir de sa présence, en quoi la femme pourrait-elle m'être infidèle, sans oublier le fait qu'elle m'obéira à souhait... ? Non, je ne risque rien à ce sujet », se disait-il alors, en minimisant les derniers propos du Démiurge.

Après avoir écouté les requêtes de l'homme, Dieu comprit que seule une femme soumise comblerait ses attentes. Aussi accéda-t-il à sa requête, dans l'espoir de le contenter, tout en préservant l'harmonie sur Terre.

Adama demanda néanmoins au Créateur ce qu'il adviendrait de Lilith, sans la nommer, conformément à l'interdit formulé à son intention par la femme-première. Il s'enquit d'elle dans l'unique but de s'assurer qu'elle n'était pas mieux favorisée que lui. Le démiurge balaya l'espace devant lui et lui montra rapidement l'endroit où se trouvait la femme, en attendant qu'il la conduise au lieu prévu pour elle.

Il s'agissait alors d'un environnement nébuleux, sans âme qui vive. Mais cela correspondait parfaitement alors à l'humeur de Lilith et à ses besoins de réflexion. Toutefois, le démiurge ne dit rien de tout cela à Adama, qui s'empressa de conclure que la femme, par lui rejetée, se trouvait à présent reléguée aux enfers. Et l'homme instruira les siens plus tard selon cette même conclusion hâtive, plus que fausse.

Après cela, Dieu endormit Adama et tira de l'un de ses côtés la femme par lui voulue. En agissant ainsi, le démiurge espérait que l'homme ne saurait en vouloir à la créature née de lui-même, tirée de sa propre substance. Il anticipait déjà les possibles causes de discordes entre eux, plus tard, tout en sachant que cela n'empêcherait pas pour autant l'homme d'agir uniquement selon ses propres intérêts, s'il en décidait ainsi

À son réveil, Adama découvrit Èva qui reposait près de lui.

-      Celle-ci est la chair de ma chair. Voici enfin ma femme ! Celle qui m'obéira et m'aimera comme je l'entends. Ensemble, nous serons heureux, s'exclama-t-il, en la contemplant d'un air radieux, se sentant plus que satisfait.

-      Qu'il en soit ainsi, et souviens-toi bien de ta promesse, Adama. Chéris la femme autant que possible. Aime-la autant que toi-même. Soyez heureux, soyez féconds et dominez sur tout ce qui vit à la surface de la terre et dans les eaux. Si tu contreviens à ton vœu, les conséquences en seront terribles et je ne pourrai décemment y remédier.

Puis il leur montra l'arbre de vie et de vérité, dont ils ne pouvaient plus manger du fruit, dorénavant, s'ils ne voulaient en subir les conséquences[ii] plus que regrettables. Dieu leur rappela encore l'interdiction qui y était liée, dorénavant à cause du changement de l'ordre initial des choses par la volonté de l'homme.

En effet, l'homme et la femme ne pouvaient plus manger du fruit de cet arbre, puisque le profond désir d'Adama était de se soustraire à la connaissance, tout en maintenant sa compagne dans le même état d'esprit que lui.

Ainsi naquit le mythe du fruit défendu, *qui ne l'était pas auparavant, du temps de la présence de Lilith sur terre*. Manger du fruit défendu ramènerait l'homme et la femme à un nouvel état de conscience qui annihilerait de façon irrémédiable celui finalement créé sur mesure pour Adama par le Créateur. La discorde et le désordre s'ensuivraient, inévitablement avec leurs incontournables cohortes de vices et de maux.

Ainsi, Adama et Èva vécurent longtemps heureux. Conformément à ses vœux, Éva ne questionnait jamais Adama en vain, n'insistait guère face à ses refus et ne songeait même pas à se rebeller.

Toutefois, au fil du temps, la vie répétitive de la femme désirée se mit à lui peser, comme c'était à prévoir. Tout comme Lilith, la nouvelle compagne d'Adama se mit à se poser des questions à propos de l'essence véritable des choses, sans toutefois chercher à explorer la nature pour s'en imprégner.

Èva ne parlait guère de ses sujets de réflexion à Adama, de peur de lui déplaire. Le serpent qui la suivait presque toujours, comme il le faisait jadis avec Lilith, comprit rapidement ce qui se passait dans son esprit. Il la voyait de plus en plus triste, lorsqu'elle se trouvait, par moments, seule.

Néanmoins, dès qu'Adama se trouvait avec elle, elle se recomposait une mine réjouie, afin d'éviter d'éveiller ses soupçons, et pour ne pas briser la belle harmonie, tant privilégiée par son compagnon.

Le serpent jubilait intérieurement, en attendant patiemment son heure. Il n'avait qu'une envie : se venger d'Adama. Se jouer de celui à cause de qui Lilith n'était plus présente au paradis.

È va eut plusieurs garçons, dans les premiers temps de sa vie de mère. Tant qu'ils étaient encore enfants, innocents et sans force, Adama s'en émerveillait. Mais, dès lors qu'ils se mettaient à grandir en force, leur père s'en plaignait et en devenait jaloux, craignant une future rivalité entre eux et lui.

Adama ne supportait pas l'attention emplie d'une infinie tendresse avec laquelle Èva s'occupait de ses fils. Il en était si jaloux et soupçonneux, qu'il en devint finalement terrifiant. Il les éloignait souvent du foyer, dès lors qu'ils avaient atteint une taille d'homme adulte, en vue de prévenir toute forme de rivalité entre eux et lui. Le père voulait s'assurer qu'il serait toujours le seul à jouir de l'affection de son épouse.

Èva nourrissait une crainte sans cesse grandissante pour la sécurité fragile de ses enfants. Elle craignait que leur père ne leur fasse violence de façon irrémédiable. Aussi, un jour, après qu'Adama fut entré dans une colère effroyable, l'accusant de le tromper avec l'un de ses fils bannis, Èva se réfugia-t-elle à l'ombre de l'arbre de connaissance. Elle se tenait assise au pied du végétal sacré, méditant sur son sort et sur la conduite à observer en vue d'échapper aux soupçons de plus en plus pesants et plus qu'outrageants d'Adama.

Le serpent, qui ne se trouvait jamais loin d'elle, s'approcha doucement et fit en sorte d'attirer son attention. Il se mit tout d'abord à jouer à cache-cache avec Éva, dans les feuillages de l'arbre sacré. Puis, comme par inadvertance, il en fit tomber l'un des fruits. Èva se leva aussitôt et voulut s'en éloigner, se rappelant de l'interdiction formelle du Créateur à ce sujet. Mais le serpent, l'interpella vivement de sa voix sifflotante et enjôleuse, en disant :

- Femme, voici la solution à tous tes problèmes. Mange de ce fruit et tu n'auras plus jamais à craindre les terribles vexations auxquelles te soumet continuellement Adama. Tiens, goûte et vois enfin la vie et les choses du monde, telles qu'elles sont en vérité.

- Serpent, mais tu es fou ! Quelle idée que celle de vouloir seulement désobéir à la volonté suprême du Créateur... ? s'écria soudain

Èva, terrifiée et toute tremblotante.

- Mais non ! En mangeant du fruit, tu ne désobéiras qu'à Adama. N'en as-tu pas assez de te voir ainsi commandée et continuellement rabaissée aux yeux de ta propre descendance ?

- Je t'assure, mange de ce fruit et tu seras une meilleure femme, et Adama te respectera bien mieux ! rajouta-t-il en constatant qu'elle demeurait pétrifiée et silencieuse.

- Je serai une meilleure compagne et je gagnerai le respect d'Adama, si le serpent a raison. Ainsi, cessera-t-il peut-être de me soupçonner d'adultère et d'en vouloir à nos enfants..., se disait finalement Éva, en s'éloignant de l'arbre.

Èva vit Lilith en songe au cours de la nuit qui s'ensuivit. Lilith était si belle, mais si triste ! Elle se désolait du sort qui accablait Èva, à son tour. La femme-première plaignait sa consœur, déplorant la nature perverse qui faisait de l'homme qu'elle avait jadis connu un incorrigible égoïste, ne songeant qu'à la satisfaction de ses seuls désirs.

« Èva, je suis déjà passée par ce même chemin que tu connais aujourd'hui. Je m'appelle Lilith. J'étais, jadis, la compagne d'Adama et je sais à quel point il peut se montrer égoïste et intolérant. Sois forte, mon amie, sois forte et ne crains pas de t'en remettre au jugement du Créateur, si cette situation devient insupportable pour toi. »

Éva pleura amèrement dans son sommeil, réalisant enfin le fait que son compagnon ne cesserait jamais de douter d'elle et de malmener leurs enfants, dans l'unique but de préserver ses propres privilèges.

À son réveil, elle n'était déjà plus la même. L'expression de son regard avait changé. Ses yeux autrefois tendres et tristes semblaient à présent résolus et noyés de dépit. La mélancolie et la détresse avaient creusé en elle de profonds sillons, d'où jaillissaient les vagues tumultueuses de l'amertume. Pour la première fois de son existence, Èva salua Adama sans le regarder dans les yeux. Elle servit la coupe de fruits et l'eau parfumée dont il se délecta lors du premier repas du jour, après avoir fait ses ablutions. Puis elle s'éloigna du foyer, d'un pas vif et leste.

Au pied de l'arbre de connaissance, le serpent était déjà là, qui l'attendait. Il ne disait plus rien, à présent, tant le désespoir de la femme se trahissait à travers toute sa personne, tous ses gestes, ses expressions. Le reptile se contenta de jouer en sa présence, sans chercher à perturber la folle danse des émotions sombres qui avaient alors cours dans son esprit. Èva allait et venait non loin de l'arbre. Puis elle en fit encore plusieurs fois le tour, indécise.

Mais, au bout d'un moment, n'en pouvant plus de contenir cette rage qui menaçait de la faire exploser de colère, si elle ne réagissait pas, elle se dirigea enfin vers l'arbre, d'un air décidé, et en cueillit l'un des fruits. Éva le porta vivement à ses lèvres et le mangea, avant de regretter son geste et de devoir y renoncer. Le serpent vint à elle, dès lors, s'enroula délicatement autour de son corps, puis il la félicita pour son grand courage.

-      Fille de la terre, désormais, te voilà maîtresse de ta destinée, lui déclara-t-il d'un air complice. Éva resta un moment auprès de lui, en silence, le temps de réaliser toute l'ampleur de l'acte, jusqu'alors inconcevable, qu'elle venait d'accomplir, pourtant. Effectivement, Èva venait de braver l'interdit principal émanant du Dieu créateur. Elle se découvrit autre, aussitôt après, à son grand étonnement. Pour la première fois de sa vie, elle eut honte de se voir toute nue. Aussi s'empressa-t-elle de se couvrir le corps à l'aide de larges feuilles retenues entre elles par un cordon végétal.

De retour au foyer, Èva se mit à fuir continuellement le regard d'Adama. Elle n'osait plus lui répondre car, pétrifiée par le remords, elle se demandait naturellement alors qu'elle serait la réaction de l'homme, sans oublier celle du Créateur. Adama comprit rapidement que la nature des choses venait de changer de façon irréversible, pour le pire. Il observa minutieusement sa compagne, vit qu'elle s'était vêtue de feuilles et lui en demanda la raison.

- Adama, nous ne pouvons continuer à vivre ainsi. Ne vois-tu pas que nous sommes nus ?
- Èva, bien sûr que je le vois. Nous sommes nus, et alors, en quoi est-ce si gênant ?
- Regarde, même les bêtes sont recouvertes d'un pelage, tandis que nous, nous sommes nus comme des vers.

- Mais, Èva, cela ne te gênait pas plus que cela auparavant. Pourquoi te mettre dans de tels états à cause de ta nudité, à présent ?

- Parce que je ne le supporte plus.

- Qu'as-tu fait, Èva ? Dis-moi la vérité. Je te trouve soudainement si changée... Que se passe-t-il ?

Èva se détourna subitement de son compagnon et resta silencieuse un moment. Puis elle se tourna vers lui, de nouveau, avec un regard coupable, disant :

- De toute façon, tu aurais fini par le savoir. Alors, voilà, j'ai mangé du fruit de l'arbre sacré.

- Comment, tu as osé, Èva ? comment... ! Nous sommes fichus. Que dira l'Éternel et que deviendrons-nous ? Te rends-tu seulement compte du désastre que tu viens d'engendrer ?

- C'est trop tard, j'en suis navrée, mais j'avais besoin de savoir.

- Mais de savoir quoi... ? Tu es folle, ma parole ! Savoir, savoir, nous voici bien mal partis à cause de toi !

- Mal partis, peut-être pas. Depuis que j'ai mangé du fruit défendu, je vois le monde d'un œil nouveau.

- Et cet œil nouveau, que t'apprend-il de mieux que tu ne savais déjà, femme ?

- Il me dit par exemple qu'avant moi, dans ta vie, il y a eu cette femme du nom de Lilith.

À ces mots, Adama devint blême. Il comprit qu'il n'avait plus d'autre choix que celui d'en savoir au moins autant que sa propre femme sur la nature des choses, dorénavant. Aussi, se précipita-t-il au pied de l'arbre, à son tour, et en mangea-t-il du fruit, après avoir hurlé sa rage à la face Èva, à présent désenchantée et plus que perturbée :

- Ne prononce plus jamais ce nom en ma présence, femme. Que personne ne prononce ce nom maudit devant moi, à l'avenir. Je vous l'interdis, aux enfants comme à toi, car il est indigne et ne me rappelle rien de bon. Cette femme n'était qu'un vil démon, m'entends-tu bien Èva... ? Oui, un démon de la pire espèce... !

Adama se retint bien de préciser que c'était Lilith, elle-même, qui lui avait interdit de prononcer son nom, à l'avenir, dès lors qu'il s'était érigé contre elle en ennemi total et absolu.

Èva avait pu élever un garçon puis l'autre, jusqu'à l'âge adulte, seulement après la naissance de sa première fille. Adama aimait tellement cette enfant qu'il la prit pour épouse, dès qu'elle fut en âge de partager sa couche. Tout occupé à satisfaire sa fille, il en délaissa la mère et se préoccupa bien moins du sort de ses fils, bien heureusement pour eux.

Adama eut à nouveau d'autres fils d'Èva. Il s'en émerveilla, au départ, mais il finissait par les haïr, à mesure qu'ils grandissaient et réjouissaient le cœur de leur mère. L'homme tua certains d'entre eux, avant qu'ils ne fussent suffisamment en force pour être en mesure de le contrer.

Plus tard, il voulut à nouveau s'en prendre à l'un d'eux, mais ses autres garçons s'interposèrent entre leur frère et leur père, menaçant physiquement ce dernier. Ils lui défendirent de faire du mal à aucun d'eux, à l'avenir, sous peine de représailles. Adama dut leur obéir, dorénavant, car il avait perdu cette belle capacité physique qui lui permettait de leur en imposer par la force, autrefois.

Adama établit sa loi sur sa descendance et y mentionna brièvement le nom de la première créature femelle de dieu, uniquement en vue de la blâmer et de la réduire à l'image d'un infâme démon. Il précisa l'immense horreur qu'il éprouvait encore pour Lilith et proclama que l'exemple de cette vile créature ne devrait jamais être suivi. Selon lui, c'est Dieu Lui-même qui aurait transformé cette femme mauvaise en démone, en raison de sa nature infâme. Quiconque l'imiterait en serait réduit au même état, dès lors.

De l'opprobre entourant cette terrible interdiction ayant dorénavant force de loi naquit le sacrilège entourant la mémoire de Lilith, la femme-première, depuis la nuit des temps. Son nom, de même que sa vie sont devenus tabous, depuis lors. Des rites de purification furent même initiés afin de conjurer le mal associé à sa personne. Ceci, conformément aux méprisables prescriptions de ceux qui instituèrent l'abominable mensonge à son encontre en une insipide infâme et vérité. Ces rituels ont cours aujourd'hui encore au sein des communautés ayant reçu en héritage cette légende dénaturée, ainsi que tout ce qu'elle comporte d'idées reçues.

Lilith hérita en réalité d'un univers éthéré, à l'atmosphère paisible et violacée. Des créatures fantastiques y évoluent dans la joie et dans la paix. Elles ont pour mission d'exalter continuellement en Lilith le goût de vivre. Licornes, fées, elfes, dragons..., mais aussi d'autres, par elle, choisies parmi les créatures terrestres qu'elle aimait tant. Sur sa nouvelle planète, Lithos, Lilith préféra le dragon au serpent et celui-ci lui en voudra toujours pour cette raison précise.

L'étendue du pouvoir de Lilith lui a été dévoilée par Dieu. Elle peut passer d'un univers à l'autre par la force de sa seule volonté.

Dieu lui offrit, qui plus est, un univers où tout est léger et dans lequel tout procède de la splendeur, inspirant harmonie et volupté aux êtres qui s'y trouvent. Puis Il créa un compagnon à la mesure des attentes de la femme-première. Cet être merveilleux, Lilith le nomma **Eroséthos**. Puis, le Démiurge demanda à Lilith d'amener elle-même à la vie, par son propre souffle celui qui sera, et qui est depuis lors, son double idéal.

Toutefois, Lilith ne devra jamais révéler ceci à son compagnon, qu'elle a voulu à l'égal d'elle-même, néanmoins, et qu'elle considère toujours comme tel depuis ces temps immémoriaux. Éroséthos se révèle à la hauteur de ses attentes, pour sa plus grande joie, évoluant depuis en tant que complément quasi parfait de la femme-première, et non en rival d'elle.

Le monde des *Lilithiens* et la vie sur Lithos, dans un univers bien éloigné de celui d'Adama, n'ont rien à voir avec l'enfer honni, auquel Lilith est censée avoir été condamnée pour l'éternité. La femme-première y règne en tant qu'être de lumière, et non en tant qu'une vile créature s'ingéniant dans le mal et ne trouvant sa justification que dans l'horreur absolue.

L e monde d'Adama est celui dont ont hérité les hommes qui vivent aujourd'hui encore sur la terre des vivants. C'est celui où la femme en est toujours à supplier l'homme dans le but de pouvoir vivre à peu près dignement.

Ce monde est perverti depuis lors, d'autant plus qu'il ne s'exprime plus que sous le sceau néfaste d'Adama, le premier traître engendré par l'univers. Celui qui trahira Éva, aussi bien qu'il avait déjà trahi Lilith. Pauvre homme, jamais content ! Soit la femme, misérable et indigne créature, ne lui correspondait pas parce qu'elle était insoumise et infâme, soit elle l'avait obligé à désobéir au Créateur ! Femme, mal absolu voulu par l'homme- premier, selon ses propres aspirations pour l'inavouable perversion.

On comprend d'autant mieux que la femme y soit tant persécutée aujourd'hui encore. Qu'elle ait autant de mal à se faire entendre et à obtenir le respect légitime que lui doivent ceux qu'elle met au monde, pourtant.

Néanmoins, parmi les hommes et les femmes ayant hérité du monde d'Adama, certains ont développé des aptitudes semblables à celles de Lilith. Peut-être font-ils partie de sa descendance ou viennent-ils de son monde... ? Ce sont ces êtres emplis de compassion et mus par l'amour du prochain, qui viennent parfois montrer la voie à leurs semblables.

Ne les appelle-t-on pas aussi Manassé, Melchisédech, Orphée, Jésus de Nazareth, Krishna, Zoroastre, Buddha, Mahatma Gandhi, Martin Luther King, Nelson Mandela, Michael Jackson..., peut-être ? Ceux-là qui ont toujours su

privilégier les qualités de l'être aux
vanités de l'avoir !

On nous dit que Lilith serait devenue démon. Qu'elle errerait aux enfers, depuis qu'elle fut séparée d'Adama.

Mais je ne le crois pas. Démon, pourquoi ? Démon pour avoir refusé d'obéir à Adama ? Démon pour s'être révoltée contre la volonté purement stérile et égoïste de son compagnon ? Non, je ne le crois vraiment pas.

N'est-ce pas insulter l'intelligence même du Divin que de lui attribuer une telle forfaiture ? Car, quelle est la créature d'une infinie et rare intelligence qui réduirait la plus précieuse de ses créatures à un état aussi ignoble et déplorable que celui auquel le Créateur aurait destiné Lilith, en fin de compte, toujours selon la version édulcorée se rapportant à sa légende. Histoire plus que dénaturée transmise par les hommes ayant eu souci à taire la terrible et si dérangeante vérité ? Dieu ne serait-il donc plus Dieu pour en être réduit à une telle absurdité, à une aberration des plus flagrantes, outre l'aspect plus qu'infâmant de ce jugement ? Décision aussi inique que dénuée de bon sens, au demeurant.

Vous voici, à présent, en possession de la version la plus objective, à ce jour, de cette légende universelle relatant les faits à l'origine de l'existence de la femme et de l'homme, créés en premier lieu par Dieu. À vous d'en évaluer la nature vraisemblable ou non, selon que vous souhaiteriez ou non vous éloigner des idées reçues pour tendre vers cette plausible vérité, ici suggérée.

Chants et complaintes

La première larme de tristesse

La première larme de tristesse
Qui abîma le cœur de l'univers
Elle s'écoula de Lilith, la grande
prêtresse
Par Dieu voulue à l'égal de
l'homme-premier,

Meurtrie sous les cieux du paradis,
Dès lors souillé
Et, depuis lors, chaque plaie gravée
Dans le cœur blessé d'un être
humain
Chaque pleur jailli du regard hagard
De ceux qui redoutent les
lendemains
Pavés des capricieux chemins du
destin,
Vient en écho à cette détresse
première
Qui vit geindre les nuées et se voiler
la lumière
Dont resplendissait le paradis
premier, depuis lors, altéré !

La première larme de tristesse

Celle jaillie des yeux de la grande
prêtresse
Trouve aujourd'hui encore son écho
En tous ces cris pétris de l'angoisse
De tous ceux-là qu'on accable de
tant et tant de maux
Qu'ils traînent et portent de si lourds
fardeaux
Pour leurs humaines et si frêles
épaules
Tous ceux-là qu'on inonde de tant et
tant de zéros !

Lilith, l'enchanteresse

L'aube est là, lumineuse et si merveilleuse
Le bleu, le blanc et l'or s'embrasent dans le ciel
Aux mille et mille rayons du sublime soleil
Le végétal de sa pause-éclair, lentement, s'éveille
Les fontaines, les rivières, les fleuves et les mers
Languissent encore, sans cesse, dans leur imperceptible sommeil
Et la voilà qui paraît, sublime et légère,
Inondant la Nature tout entière
De cette grâce qui tout féconde et libère
L'astre du jour, émerveillé, l'auréole d'une majestueuse couronne,
L'habille d'un voile de lumière mystique
Et, ensemble, la merveilleuse Lilith et le Soleil mythique
Abreuvent, enchantent et façonnent
La Création par leurs actes de dévotion,

Encensant l'Ensemble, rendant grâce au Divin
Par cette sublime osmose
Qui, tout métamorphose,
Dans l'instant majestueux et vivifiant de leur inaltérable symbiose

Puis, la Nature tout entière avec eux festoie et, à nouveau, ose
S'abreuver à la source de Vie au nom du Maître de toute chose
Louange, louange, dans l'allégresse qui tout engendre
Lilith, l'enchanteresse et l'originel soleil, ensemble, le font entendre
Joie, joie, joie et paix, toujours et encore
Joie, joie, joie et paix, voilà notre seul trésor !

Where is my place now?

Into this very great paradise
I no longer feel in heaven
Joy is leaving, hope is falling
As love betrays and dies
And looking around, oh
I see nothing remaining of us, ooooh
no oooooooooo

So, where is my place now
Where am I supposed to be, ooooh
ooooooooooooooooh
Once all has been lost with the
fall
Leaving me nothing more
Than this terrible wall
Now erected between you and I,
all apart?

The sea whispers to my ears a great
song
With the winds soughing all day long
The sun sheds down its purest rays
With the clouds dancing in the best
way
The earth asks the falls, volcanos
and all the springs

To dance and chant along with all
that owes wings

My soul still remains sad and
inconsolable
As my tears dried out,
And I stand alone and voiceless
In front of the curse calling for
madness

[R]

Why, Adamaa, why?

Why Adama why?
Why did you throw all the joy to dust
And kill the flame and trust
We once shared with devotion and love?

Why Adama why?
Why did you kill innocence
Leaving now place to this blatant offense?

Why Adama why?
Why have you lost faith
And decided to burn hope
Then breaking love's amazing rope?

Why Adama why
Should we lose paradise
While we were meant to shine
So pure and brilliant in the magnificent sunrise?

Why Adama why
Are we now enemies
While we once drowned into bliss?

Why Adama why?
Oh, tell me why
You have left doubt, lies and jealousy
Win other your will?
Why and what will you answer
When those born after us
Will come and ask you about that?
Why, Adama, why?

We were meant to last, still...

Heaven was ours and in wonder we
were
Blissful and unaware of all we would
no longer share
Water sources were pure and
glimmering in the sunshine
Between you and I nothing drew a
single wrong line
The Sky used to share the smoothest
lights with the Earth
Colorful and rejoicing, they offered
all we deserved
And I used to think, you would
always be mine

*Yessssssss, Heaven was ours and
in wonder we were
Blissful and unaware of all we
would no longer share*

From twilights to dawns and from
dawns to twilights
In bliss we swam, living the best of
dreams
Eyes wide opened, falling into
wonders with no whims

Blessing Life and dancing in
harmony throughout sweet lights
Hearts and souls free from vain envy
and sorrowful lies
Bodies and spirits cleaned of
frustrating and vile desires
Just together, not "inconciliable" like
water and fire

Heaven was ours and in wonder we
were
Blissful and unaware of all we would
no longer share

[R]

The disillusion and the fall

Alone with the unbearable and
sorrowful reality
Dead zone inside out, still I have to
face cruelty
In the name of all I once held for true
with no vanity
With no sinful desire, and far away
from false amenities
The sunlight is now too crude to be
faced
Birds' songs sound too sweet to be
heard
And the chanting springs and falls
now fear
The gloomy humor I have now
embraced
In the hours through which
desolation
Resounds into a very dreadful
isolation
In echo with the great disillusion
Signing the cruel and great fall
Into which I am now lost

Here's the time of the fall
Disillusion is yelling, yelling and
yelling

And nothing else is to be wished now at all

If you were to probe my pain
Don't just stand above white plains
Searching for rights and wrongs
Throughout the nights of the strong
No, leave behind all they said is true
Dive all your senses in the deepest waves
And explore the primary ocean's caves
Yes, go beyond the reason of their reasons,
Far away from the glittering lies they fashion
Every time, everywhere, in all seasons
To fool the world while waving treason
As a threat they just can't allow themselves to share!

Never call my name again, (since my
name in thy mouth is from now and
on pure sacrilege)

My name in your mouth
Is now with no doubt
Undeserved and such a shame

Never call my name again
Since you've betrayed me in vain

Now, far away from your presence
I shall breathe again and call for
decency
See, even the wind blew away your
arrogance
And, of your pretentions and false
affection,
None is left to really call for my
attention
So don't you call my name in vain
Since you've asked for my fall and
pain

Never call my name again
I've already escaped from your
chains
And nothing else shall lit the flame

156

We once shared in innocence name
Open your ears and hear this
Since your heart is locked to all of me
And only lies and hatred now remains
Where we used to live and kiss in full bliss!

Never, ever call my name again
Your decision I now abide
After a long run and a breathless ride
And my answer to thee
Is this and shall always be

Never call my name in vain
Cause my name in thy mouth
Is from now and on pure sacrilege
For both of us in this lost heaven

Dieu est Dieu

Dieu est Dieu
Dieu est bon
Dieu, le très miséricordieux

Dieu est Dieu
Dieu est bon
N'insultez plus son nom
Par vos propos insensés
N'invoquez plus son nom
Pour justifier le sang inutilement
versé
Et pour signer opportunément vos
vains outrages
Car Dieu n'est point dans vos vils
ouvrages

Dieu est Dieu
Dieu est Grand
Dieu, le très Saint
Le très Haut, vraiment,
Béni soit son Nom
Toujours et encore
Malgré tous les faux sermons
Qui détournent de son Amour
Ceux qu'abreuvent de nuit comme
de jour

Les blasphémateurs, ces beaux
démons !

Dieu est Dieu
Dieu est bon
Le très Saint
Le très Haut
Béni soit son Nom
Toujours et encore
Du doux crépuscule à la pleine
aurore
Qu'importe les agitations des grands
félons !

[R]

Heaven is great

In bliss we are
Bless me in the name of Life
In sunshine we stand and rise
With all that chant and praise
The greatest gift ever chased

For heaven is great
In bliss we rest
With love we pray

Bless me in the sweetness of the
sunset
watch me dancing from the dawn to
the night
And don't ask me why
Cause in bliss we are
Yes, in the greatest joy we fall
No matter the names we are called

Bless me at noon
Bless me with the moon
Spreading its smooth light around
For we are those to be found
No matter how long it we'll take
To fly away from all that is fake.

In my purple sunny sky

Day after day, night after night
We fly, we sing and dance
So free and blissful, it's alright
Tasting this great chance
By which we have no left chains
Biding us to all that is vile and vain

In my purple sunny sky
All is wonderful and wild
Here, there is no need to fight
Only wonders, everywhere, at
sight

Time is more than an asset
Eternity is ours for the rules we've
set
Allowing us to only rejoice
And freely move in love and laugh
No matter what we've been taught
No matter who we are and what we
have
From the beginning of time till now
So, we just live as we're pleased, at
last!

In my purple sunny sky
All is wonderful and wild
Here, there is no need to fight
Only   wonders,   everywhere,   at
sight

Come on, join us, if you can
And just don't ask how nor why
We are just free from all that is sad.

Lilith, la désillusion et la chute

Chaque étoile qui brille haut

Tel un fascinant diamant

Dans le vaste firmament

Brille en reconnaissance de Lilith,

La femme-première, magnifique Phoenix

Dont la renaissance surpasse tous les mythes.

Les astres nous éclairent de leur douce lueur

Pour nous rappeler de ne pas tomber dans le leurre

De ces fausses vérités dont se nourrit l'humanité

Car l'esprit souvent reste prisonnier du mirifique prisme

Des pseudos certitudes qui nous imposent tant de basses attitudes,

Laissant miroiter toujours et encore les reflets de tous les "ismes",

Du catéchisme aux fanatismes, en passant par le fatalisme !

Les étoiles, scintillent de mille et mille feux

Et ensemble, elles proclament ce terrible aveu :

Nul, jamais ne sondera la profondeur de la détresse

Qui fit tressaillir Lilith, celle que les affabulateurs nomment dans leurs prières

« La reine de la débauche, souveraine dans le mal, l'infâme traîtresse ! »

Nul jamais ne saura que la première larme de la femme-première

Souilla le cœur de l'univers, sans jamais toucher terre,

Puisque nous l'avons recueillie et transformée

Pour qu'à jamais elle reste pure et sublime

Et, depuis, par nous elle brille de mille et mille feux

Disant toujours et encore que Lilith est bien plus qu'ils ne le veulent avouer

Ces ignobles et cruels profanateurs

Qui la confinent aux jougs terribles des enfers

Pour que, jamais plus, elle ne brise les invisibles fers

Par lesquels ils tiennent le monde grâce au mensonge

Et par lesquels ils voulurent la faire taire.

Les astres, éternels témoins de l'originelle et pure vérité

Parlent en silence de ce qui brise notre humanité

Et jamais, ils ne la voilent sous nulle toile !

~ Fin ~

www.euryuniverse.net

Notes

---

[i] « Alors l'Éternel Dieu fit tomber un profond sommeil sur l'homme, qui s'endormit ; il prit une de ses côtes, et referma la chair à sa place. L'Éternel Dieu forma une femme de la côte qu'il avait prise de l'homme, et il l'amena vers l'homme. Et l'homme dit : Voici cette fois celle qui est os de mes os et chair de ma chair ! On l'appellera femme, parce qu'elle a été prise d'une partie de l'homme... », Genèse II, (21-23)

[ii] « ... Mais quant au **fruit** de **l'arbre** qui est au milieu du jardin, Dieu a dit : Vous **n'en mangerez** point...de **l'arbre** qui est au milieu du jardin, Dieu a dit : Vous **n'en mangerez** point, et vous ne le toucherez... », (Genèse 3 :3).

www.ingramcontent.com/pod-product-compliance
Lightning Source LLC
Chambersburg PA
CBHW030127260626
47156CB00008B/2835